君の居た昨日、僕の見る明日1

―STARTING BELL―

「来ちゃ駄目だよっ!」
紅葉の周りに衛星の如く発生した狐火は、きゅきゅっ……と奇妙な音を立てながらも旋回する。

「ここは——優しい偽りで出来た世界だから」
歌うように小竹乃は言葉を紡ぐ

君の居た昨日、僕の見る明日 1

—STARTING BELL—

1037

榊　一郎

富士見ファンタジア文庫

88-23

口絵・本文イラスト　狐印

目次

序　章　茜色の教室で

何処《どこ》か気怠《けだる》い時間の中に少年は佇《たたず》んでいた。

別に何をするでもない。ただそこに居るだけ。強《し》いて言うのならば――窓際《まどぎわ》に立って、茜色《あかねいろ》に染まる遥《はる》かな空をぼんやりと眺《なが》めている。

ただし『空を見ているのだ』という意識は少年には無い。視線は無意味に虚空《こくう》に注《そそ》ぎ込《こ》まれている。ただ単に眼《め》がそちらを向いているというだけの事だ。

「…………」

少年は小さく溜《た》め息《いき》をついた。

放課後である。

既《すで》に授業が終わってから三時間近くが経過《けいか》している。少年の他《ほか》に教室に居残っている者の姿は無い。初夏の太陽は未《いま》だ沈《しず》みきっておらず、未練《みれん》気《げ》に地平線の辺《あた》りをたゆたっているが、既に気温は夜に向けて下がり始めていた。

無論——学校そのものが無人になった訳ではない。

校門が閉じられるまでには未《ま》だ少し時間がある。部活のある生徒達が数多く校内には残っている筈《はず》だ。実際、窓の向こうからはランニングの際の掛《か》け声や金属バットが球を打つ甲高《かんだか》い響《ひび》きが伝わってくるし、校舎内でも少し耳を澄《す》ませば廊下《ろうか》を行き交《か》う生徒達の足音や会話を聴《き》く事が出来るだろう。

だが……少年にはそれらの音がひどく遠いものの様に思えていた。

「…………」

違和感《いわかん》がどうしても拭《ぬぐ》いきれない。

この日常風景に馴染《なじ》めない。普段《ふだん》は特に意識する事も無いのだが……時折ふと自分がひどく無意味な事をしている様な気がしてしまう。こんな処《ところ》でこんな事をしているべきではないのに——と。何処か他に自分の居場所が在《あ》る様な気がして何だか落ち着かない。何もかもが仮初《かりそ》めのものの様に思えて……現実感さえ薄《うす》い。

級友達に混じって平凡《へいぼん》に振《ふ》る舞《ま》いながらも疎外感《そがいかん》がつきまとう。いつも心の何処かにひどく白けた気持ちがわだかまっている。周りは全《すべ》て芝居《しばい》の書き割り《バッククロス》に過ぎず、状況《じょうきょう》に合わせて『自分』という役柄《やくがら》を仕方なしに演《えん》じさせられているかの様な——そんな気分。

だからいつも心の何処かが醒《さ》めている。

何事にも熱中出来ない。何事も程々《ほどほど》にはこなすが、決して何か一つの事に夢中にはなれない。情熱をかき立てられるものが無い。『所詮《しょせん》は仮初め』——そんな風に思ってしまうから何に対しても本気になれない。

勉強にも。趣味《しゅみ》にも。恋愛《れんあい》にも。

「…………」

無論——このままで良いとは少年自身も思っていない。

事実、こうしてぼんやりと空を眺《なが》めていると、胸の奥《おく》で発作的《ほっさてき》に閃《ひらめ》くものが在る。

焦燥《しょうそう》の様な。渇望《かつぼう》の様な。あるいは郷愁《きょうしゅう》の様な。

満たされない何かを補《おぎな》おうと、ある種の衝動《しょうどう》が彼の中で渦《うず》を巻く。

しかし……

「学校……か」

少年は溜《た》め息《いき》混じりに呟《つぶや》く。

ぼんやりともの悲しくて。居ても立ってもいられない気がして。しかし何をどうすれば良いのかも分からなくて。ただただ行き場の無い想《おも》いだけが堂々巡《どうどうめぐ》りを続けている。

それは決して胸を締《し》め付ける様な辛《つら》いものではなく——喪《うしな》われてしまったものに想いを馳《は》せる時の、郷愁めいた甘悲《あまがな》しさとも言うべきものだった。絶望と呼ぶにはあまりに淡《あわ》く

――けれど落胆《らくたん》と呼ぶにはひどく深い何か。

それが少年を黄昏時《たそがれどき》の教室に一人佇ませる。

佇みながら彼は――いつもの如《ごと》く、遥《はる》かな虚《うつ》ろの彼方《かなた》に意味の無い視線を送る。

喪われた故郷に想いを馳せる孤独《こどく》な異邦人《いほうじん》の様に。

けれど……

「どうしたの？　ぼんやりして」

ふと掛けられた声に振《ふ》り返る。

何時《いつ》の間にやって来たのか――一人の女生徒が教室の隅《すみ》に立っていた。

癖《くせ》の無い長い髪《かみ》をした美しい少女。

その容姿《ようし》を端的《たんてき》に示すならば、清楚《せいそ》可憐《かれん》という言葉が相応《ふさわ》しいだろう。全てを気怠《けだる》く染めていく退廃的《たいはいてき》な黄昏の光の中でも、少女の帯びる涼《すず》やかな雰囲気《ふんいき》はいささかも損《そこ》なわれていなかった。積極的に他人を魅惑《みわく》する様な器量《きりょう》ではないのだが、ふと気が付けば眼で追ってしまっている――そんな慎《つつ》ましげな美しさを少女は備《そな》えていた。

「えっと……」

少年は咄嗟《とっさ》に返事をする事が出来なかった。

彼自身にも理由は分からない。見とれていた訳ではない。いきなり声を掛けられて驚《おどろ》いた訳でもない。ただその少女の姿はあまりに自然に教室の風景の中に溶《と》け込んでいて……彼の認識《にんしき》の中に何の軋轢《あつれき》も摩擦《まさつ》も無く滑《すべ》り込んできたのだった。

「――ん？」

少女は柔《やわ》らかな微笑《びしょう》をその顔に浮《う》かべながら、先を促《うなが》すかの様に首を傾《かし》げた。

「い……いや別に」

少年は笑顔《えがお》を返して当たり障《さわ》りの無い答えを取り繕《つくろ》う。

「暇《ひま》だなあ――と」

別に恥《は》ずかしかった訳ではない。

ただ、この気持ちは誰《だれ》とも共有できないだろう――そんな確信が彼には在《あ》った。言葉で説明する事は出来るが、百万言を費《つい》やしても他人に同じく実感して貰《もら》う事は出来ないだろう。共有出来る者達も何処《どこ》かには居るのかもしれないが、今の彼にはその者達を探し出す術《すべ》は無い。まして――無関係の他人にこの気持ちを押《お》しつける様な真似《まね》だけはしたくなかった。

だが……

「長居《ながい》君っていつもぼんやりしてるよね」

少年に向かって歩み寄りながら少女が言った。

「そうかなあ」

「眼《め》の焦点《しょうてん》がこう——」

苦笑《くしょう》する少年の前で少女はひらひらと右の掌《て》を振ってみせる。

「この辺りじゃなくてずっと遠いっていうか。なんだか此処《ここ》に居る癖《くせ》に皆《みんな》を遠くから見ているっていうか。浮世離《うきよばな》れしてるって言うのかな？」

「そんな風に見えてる訳だ」

気楽《きらく》げに肩《かた》を竦《すく》めて言いながら——少年は少し意外に感じていた。

誰も気が付いてなど居ないと思っていた。

無難《ぶなん》な『自分』を演じるのにはそれなりに自信が在ったのだ。教師も級友も……そして両親でさえ気付いていないだろう。

誰にも理解出来ないものならば——共感できないものならば、それを表に出しても仕方がない。むしろ自分と周りとの間に溝《みぞ》を作って迷惑《めいわく》を掛《か》けるに違《ちが》いない。そんな諦観《ていかん》の元に彼は自分の気持ちを隠《かく》してきた。彼にとっては、こうして無人の教室に佇《たたず》むこのわずかな時間だけが、ささやかな本心の発露《はつろ》であった筈《はず》なのだ。

だが——

「少なくとも私にはそう見えるかな」

言って少女はまた笑う。

屈託《くったく》の無いひどく透明《とうめい》な笑顔だ。まるで感情がそのまま形になったかの様な純粋《じゅんすい》さが眩《まぶ》しい。今時そんな顔は小学生だって出来やしない。自分自身、状況《じょうきょう》に合わせて笑顔を反射的に『作る』様になってどれ位になるだろう——少年はふとそんな事を思った。

少年の内心を知ってか知らずにか……少女は柔《やわ》らかに微笑《ほほえ》みながら少しだけ声を潜《ひそ》めて付け加える。

「そこが私としてはちょっと気になったりする訳だけどね？」

ほんの少し少年はどきりとした。

無論——そんな気持ちも素直《すなお》に表に出す事は出来ない。これ幸《さいわ》いと口説《くど》ける様な厚顔《こうがん》無恥《ち》さも無い。高校生にもなってちょっと情けないと自分でも思うのだが、少年はあまり異性に対して免疫《めんえき》が無かった。

努《つと》めて軽薄《けいはく》な口調を装《よそお》いながら少年は言った。

「何？　それって告白？」

「そう思うんならもっと嬉《うれ》しそうな顔してよ。じゃなくてさ——長居君って明日にはなんだか学校に来なくなるんじゃないか……とか。ある日ふらっと居なくなっちゃうんじゃないかとか。そんな風に見えるのよね」

「うーむ」

少年は苦笑を深めた。

進路指導や生活指導の教職員に気にされるのならばともかく、同じ学生から登校拒否《とうこうきょひ》や家出の心配をされる様では少し問題が在るだろう。少年自身は別にそんなつもりは無かったのだが……こうして教室に一人佇むその姿は、他人の眼《め》から見ればかなり深刻《しんこく》そうに見えるのかもしれない。

「前にも誰も居なくなった教室で、ぼーっと夕陽《ゆうひ》見てたでしょう？」

「そうだっけ」

とりあえずとぼけてみる。

「うん。だから余計《よけい》になんかこう……うまく言えないけどさ。学校の風景の中に馴染《なじ》んでないというか。何処か他《ほか》に行きたい場所が在るみたいな感じで……」

少女は少し首を傾げてから――涼《すず》やかな声で歌う様に言った。

「『白鳥《しらとり》はかなしからずや　空の青海のあをにも　染まずただよふ』――」

若山牧水《わかやまぼくすい》『海の聲《こえ》』所収――『白鳥の歌』。

「…………」

まさかそんな処《ところ》まで見抜《みぬ》かれているとは思わなかった。

だから思わず真剣《しんけん》な表情を浮《う》かべてしまったのかもしれない——少女は何処か不安げな表情を浮かべて少年の顔を覗《のぞ》き込んでくる。

「長居君。この学校嫌《きら》い？」

「そんな事は無いよ」

彼は即答《そくとう》した。

「本当に——そんな事は無い。むしろ好きだよ。皆《みんな》でわいわいうるさい学校も。皆が帰ってしまって人気《ひとけ》の無い学校も。こういう場所は好きなんだ」

「そうなんだ」

少女はまた朗《ほが》らかに笑う。

本当に——純粋《じゅんすい》で嬉《うれ》しそうな笑顔《えがお》。

一瞬《いっしゅん》それに見とれてしまった自分に驚《おどろ》きながらも少年は言葉を繋《つな》いだ。

「でもなんだか——確かに僕《ぼく》の行くべき学校はここじゃないのかもしれない……とか思う事はあるかな」

「そうなの？」

少女は小鳥の様な仕草《しぐさ》で首を傾《かし》げる。

「別にこの学校が嫌いな訳じゃないし、不満が在《あ》る訳でもないんだけどね」

言いながら少年は……

「――今、ちょっと暇《ひま》は在る？」

「見て分からない？」

少女が苦笑《くしょう》して言ってくる。

まあ教室でぼんやりしている同級生に声を掛《か》けてくる位だ――少なくとも急ぎの用など無いだろう。

「昔話は好きかな？」

「むかしむかしあるところに？」

「いや、そう遠くない昔。神話とか伝説とか歴史とか――そんな昔じゃなくて。そうだな。せいぜいが思い出話ってところ」

「高校生の癖《くせ》に年寄りみたいな言い方するのね」

「ああ……そうだね」

苦笑して少年は言う。

ずっと秘《ひ》め隠《かく》してきた物語。

誰にも語る事は無いと思っていた。

少年は一生――それこそ墓《はか》の下までこの気持ちを抱《だ》いていくつもりだったのだ。

予《あらかじ》め喪《うしな》われてしまったものに恋《こ》い焦《こ》がれる事の——それが当然の結末《けつまつ》だと思っていた。

けれど……

意外とそれを口にする事に躊躇《ためら》いは無かった。無駄《むだ》と分かっていたから口を閉《と》ざしていただけで——本当は彼自身が誰かに聞いて欲《ほ》しかったのかもしれない。

「まあいいわ。つきあったげる」

恩着《おんき》せがましい言い方ではあるのだが不思議と嫌《いや》な感じはしなかった。台詞《せりふ》とは裏腹にその大きな黒い瞳《ひとみ》が期待に輝《かがや》いていたからかもしれない。

「どうも」

少年は苦笑して言うと——記《き》憶《おく》を掘《ほ》り起こす。

それは……一つの失恋《しつれん》から始まる奇妙《きみょう》な物語だった。

第壱章　此処ではない何処か

季節は初夏を迎《むか》えていた。

見上げれば——太陽は燦々《さんさん》と輝《かがや》き惜《お》しみなくその光を地上に与《あた》えている。草木はこれを逃《のが》すまいと梢《こずえ》の緑を濃《こ》くし、それに伴《ともな》って蟬《せみ》の鳴き声もちらほらと聞こえる様になってきた。後一か月もすれば耐《た》え難《がた》い程《ほど》の暑さになる事であろうが……緩《ゆる》やかな風が吹《ふ》いている事もあり、今は未《ま》だ爽《さわ》やかな印象が強い。

来《きた》るべき夏を前にして心が逸《はや》る者も多いだろう。夏休みを目前に控《ひか》えた学生であれば尚《なお》更《さら》の事だ。

しかし——

「…………」

一人の少年が田舎道《いなかみち》を自転車を押《お》しながら歩いている。

だらだらと面倒臭《めんどうくさ》そうな——というか、いかにも『気が進みません』と全身で主張しているかの様な、ひどく緩慢《かんまん》な動きである。『牛歩《ぎゅうほ》』という言葉が在《あ》るが、恐《おそ》らく牛ですらも痺《しび》れを切らして追い抜《ぬ》いていきそうな、そんな鈍足《どんそく》ぶりであった。

平凡《へいぼん》な印象の少年だった。

中肉中背《ちゅうにくちゅうぜい》。驚《おどろ》く程に端正《たんせい》な訳でも醜悪《しゅうあく》な訳でもない。まさしく『並』だ。

まあ強《し》いて特徴《とくちょう》を挙《あ》げれば——少し中性っぽい顔立ちであろうか。少なくとも骨太《ほねぶと》さや男臭さはその容貌《ようぼう》からは感じ取れない。人によっては彼のそんな容貌を『可愛《かわい》い』と評するかもしれない——本人はそんな評価を喜んだりはしないだろうが。

着ているものも特に代わり映《ば》えのしない学生服である。白いシャツに黒いズボン。

強《し》いてその装《よそお》いに特徴を挙げるとすれば、首に掛《か》けたヘッドフォン——最近流行《りゅうこう》のメモリー・オーディオを本体内に組み込んだものだ——と左手首に紐《ひも》で巻いたお守り位のものだろうか。それらとて外見的には特別な代物《しろもの》ではなく、前者は電気屋に、後者は神社に行けば簡単に手に入る程度のものにしか見えない。

ついでに言うと押しているのはごく普通《ふつう》の自転車だ。前に荷物カゴが付いていて、後ろには簡単な荷台が付いていて、代わりに変速機《へんそくき》もダンパーコイルもなし——という型。いわゆる『ママチャリ』という奴《やつ》である。

「……はあ……」

少年は——立ち止まって溜《た》め息《いき》をついた。

のろのろとした動きで自転車をスタンドで立たせ——道の脇《わき》にょっきりと突《つ》き出てい
る岩の上に腰《こし》を下ろす。そのまま残酷《ざんこく》な位にはっきりと晴れ渡《わた》る蒼穹《そうきゅう》を眺《なが》めて少年はぼん
やり、呟《つぶや》いた。

「……どうするかなあ……」

少年の名は長居《ながい》優樹《ゆうき》という。

外見通りにごくごく平凡な高校一年生である。

容姿《ようし》が人並なら中身も人並。成績も体育を含《ふく》めて殆《ほと》んどの科目が平均点辺《あた》りをいつもうろ
うろしている。登校拒否《とうこうきょひ》気味《ぎみ》なのは問題と言えば問題だが——これはここ二週間程の事な
ので慢性的《まんせいてき》な素行《そこう》とは言い難《がた》い。親もあまり深刻《しんこく》には考えていないらしく、今日も無理矢
理家から叩《たた》き出されてきた処《ところ》である。思春期《ししゅんき》の微妙《びみょう》な年頃《としごろ》なのだから、もうちょっと配慮《はいりょ》
してくれても良いだろうに——と思う優樹であったが、まあ実際に彼の登校拒否は精神科
や神経科の医者に相談せねばならない様なものではないし、彼にとっては原因もはっきり
しているので、端《はた》で見ていても悲壮感《ひそうかん》が余《あま》りないのだろう。

とはいえ——

「…………」

憂鬱《ゆううつ》な表情で優樹は道の彼方《かなた》を眺める。

仕方なく此処《ここ》まで来たが、やはりどうにも学校に行く気にはなれない。

だからといって他《ほか》に行くあてがある訳でもない。

朝早くに家を叩き出され、仕方なくだらだらと通学路を歩いた結果……学校まではもう歩いても十分と掛《か》からない距離《きょり》になっていたりする。周囲にはちらほらと他の生徒達の姿も見掛ける様になっていた。

わざわざ近くの公立高校ではなく自転車で三十分も掛かる私立を選んで通っているのは彼自身がそう望んだからだ。授業料が高いと渋《しぶ》る親を説《と》き伏《ふ》せ、偏差値《へんさち》を理由に別の高校を薦《すす》める中学の担任教師を説き伏せ、生まれて初めて時間を惜《お》しむ程に勉強しまくったのも、彼自身が他の何処《どこ》でもなくその高校に行きたいと思ったからだ。

だが……彼がその高校を望んだ理由はもう無い。

「何か撮《と》りに出掛けるかなあ」

呟いて彼は鞄《かばん》から一台のカメラを取り出した。

デジカメ全盛《ぜんせい》のこの時期には最早《もはや》絶滅《ぜつめつ》が心配されそうな旧《ふる》い銀塩《スチル》カメラ——それもオートフォーカスですらない代物《しろもの》である。くすんだ銀と人工革《かわ》の黒に彩《いろど》られた無骨《ぶこつ》なフレームには『ＡＳＡＨＩ』『ＰＥＮＴＡＸ』そして『ＳＰＯＴＭＡＴＩＣ』の文字が刻印《こくいん》されていた。

ペンタックスSP。

半世紀近くも前に作られたカメラなのだが、充分《じゅうぶん》以上に現役の代物である。元々は写真が趣味《しゅみ》だった亡《な》き祖父《そふ》の持ち物だ。とある事情で優樹が祖母に頼《たの》んで祖父の遺品の中から探し出し、譲《ゆず》り受けたのである。

優樹は何気《なにげ》なくフィルム巻き上げレバーを操作《そうさ》してシャッターボタンを押《お》す。レンズカバーは付けたままだ。フィルムも入っていない。ただ何気なく行うだけの動作。

——かしゃ。

デジカメとは明らかに異《こと》なる、いかにも『機械《きかい》』然とした操作《そうさ》感《かん》が心地《ここち》良い。

元々特に好きで始めた趣味でもなかったのだが——いつの間にかこのシャッターを押す感触《かんしょく》がある種の癖《くせ》になっていて、優樹はよくこの操作を意味もなくやったりする。

フィルムは——もう一週間以上入れていない。

鞄には数本のフィルムが入ったままになっているのだが、どうにもそれを入れて写真を撮る気になれないのだ。そもそも彼の撮るべき被写体《ひしゃたい》は決まっていて——何でもかんでも撮ろうという気にはなれなかった。

それでも——

「——あ。長居君。今日は来たんだ」

「随分《ずいぶん》休んでたね。病気？」

と——同級生の少女二人組が彼の前を通り過ぎながらそんな声を掛けてくる。

確か江坂《えさか》と平林《ひらばやし》だったと思うが——どうにも自信が無い。下の名前に至っては全然思い出せない。正直言って優樹は同級生の女子には殆《ほとん》ど興味が無かったからだ。

「うん——まあそんなとこかな」

まあ病気は病気だろう。

お医者様でも草津《くさつ》の湯でも——などと言う事もある訳だし。

「ごっついカメラ」

「長居くん、写真部だっけ？」

少女達は優樹のペンタックスSPに眼《め》を向けてそんな事を尋《たず》ねてくる。

実のところペンタックスSPは別にそんな大層《たいそう》な機種《きしゅ》ではないのだが——むしろ発売当時としては普及機《ふきゅうき》だったのだそうだ——掌《てのひら》サイズのデジカメに慣《な》れた少年少女達の感覚では、やはり写真部でも無ければ携《たずさ》えない様な『ごっつい』カメラになるのだろう。

「いや。単なる個人的な趣味」

正直、楽しげな——学校に向かう事に何の疑問も躊躇《ちゅうちょ》も感じていない様な少女達と言葉を交《か》わすのはうざったい気持ちも在《あ》ったのだが、それでも律儀《りちぎ》に受け答えしてしまうのが長居優樹という少年である。良くも悪くも優柔不断《ゆうじゅうふだん》な処《ところ》が彼には在る。もっともそれだけ他人への気遣《きづか》いを忘れないという事ではあるのだが。

「でもなんか格好《かっこう》良いよねえ。今時そんなクラシックな奴《やつ》使ってるのも」

「そ……そうかな」

少し照れる。

もっともそう見えるのを期待してこの骨董品《こっとうひん》を使っていたのは事実なのだが。

「ね——撮ってよ、長居くん」

と江坂の方が言ってくる。

「美少女二人の登校風景。絵になるよ」

「自分で言う？」

けらけらと少女達は屈託無《くったくな》く笑う。

だが優樹は肩《かた》を竦《すく》めて言った。

「ごめん、未《ま》だ今はフィルム入れてないんだよ」

「あ——そうなんだ。じゃあまた次の機会に頼むね」

「分かった」

微笑《びしよう》して優樹が頷《うなず》くと、少女達はすぐに彼に興味を失った様に、特に振《ふ》り返る事も無くそのまま校門へ向かって歩いていった。

彼女等《ら》の背中をしばらく見送りながら――優樹は溜め息混じりに呟く。

「『格好良い』――か」

それを一番言って欲《ほ》しかった人には結局言って貰《もら》えなかった。

これからも機会は在るのかもしれないが――もうその事には意味が無い。たとえ同じ相手から同じ言葉を受けようと、時と場合が違《ちが》えば全く意味が異なる。『格好良い』――優樹にとってその言葉は最早《もはや》、何の意味も無い戯言《ざれごと》にすぎなかった。

「……やっぱり風景でも撮りに行ってみるかな」

優樹はそんな事を呟《つぶや》いて立ち上がる。

あまり気は進まないが、このままここに座《すわ》っているよりはマシだ。

何処《どこ》でも良いから此処《ここ》ではない何処かへ行きたかった。少なくとも学校にだけは行きたくなかった。行けば嫌《いや》でも不愉快《ふゆかい》な想《おも》いをせざるを得ない。

「此処じゃない何処か……か」

呟いて優樹はペンタックスＳＰのファインダーをのぞく。

実は優樹は風景写真は一枚も撮った事がない。いや――無論、中学の修学旅行等で、持参した使い捨てカメラを使って風景を撮った程度の経験は在るが、少なくともペンタックスSPを使って『作品』としての風景写真を撮った事は一度も無い。

前述の通り彼の場合は『先《ま》ず被写体《ひしゃたい》ありき』だったので他の被写体を撮るという事を考えていなかったのである。

この為《ため》に優樹は『風景写真の撮り方』というものを全く知らない。そもそも同じ被写体を同じカメラで撮ったとしても絞《しぼ》りとシャッター速度の組み合わせによって全く雰囲気《ふんいき》の違う写真になるものだ。当然ながらポートレイトと風景写真では撮影《さつえい》に関する基本作法《セオリー》が全く異なってくる。

まして誰《だれ》かに習った訳でもなく、完全我流《かんぜんがりゅう》の撮り方しか知らない上に、望遠《ぼうえん》レンズも持ち合わせていない優樹としては、何をどうして良いのかも分からない。まあ散漫《さんまん》にシャッターを切っているだけでは風景写真は撮れないだろうなあ——という位の事は理解しているが。

「大体、この辺りじゃ、わざわざ撮る様な風景も無いしな……」

田舎《いなか》なので自然は多いが……それだけだ。

それでも試《ため》しにファインダーを通して周囲の風景を見つめてみる。

高く晴れ渡《わた》る空。萌《も》え上がる草木の緑。遥《はる》か彼方《かなた》の稜線《りょうせん》。そして陽炎《かげろう》の様に揺《ゆ》らめく木《もく》造建築《ぞうけんちく》――

（……木造建築……？）

そんなものは見渡せる範囲内《はんいない》には無かった筈《はず》だ。登校拒否《とうこうきょひ》になるまでに何度も通った道である。そもそも建物よりも木の方が多い田舎風景なのだ。そんなものが在れば覚えていない筈が無い。

思わず瞬《まばた》きしてカメラを降ろす優樹。

何かの具合《ぐあい》でレンズに映り込んだ虚像《きょぞう》かと思ったのである。

しかし……

「……なんだ？」

レンズを通さずとも明らかにそれは目の前に在った。

大きく横に広がる三階建ての木造建築物。

ほぼ左右対称《たいしょう》の外観で、真ん中には玄関《げんかん》と大時計が在る。明らかに民家ではない。規模《きぼ》が大き過ぎるし窓は同じ大きさのものばかりだ。一階から三階まで同じ規格の部屋が幾《いく》つも並んでいるのだろう。

恐《おそ》らく学校の校舎だ――それもやたらに旧《ふる》い。

だが優樹が眉《まゆ》をひそめたのはその点ではなかった。

透《す》けているのだ。

まるで蜃気楼《しんきろう》の様に半透明《はんとうめい》の木造建築が通学路の風景に重《かさ》なって見えている。

これは一体何なのか。

いくら夏とはいえこの日本で蜃気楼がそうそう発生するとも思えない。透けて見える以上は実体ではなく何かの虚像ではあるのだろうが……一体どういう原理でそんなものがそこに見えるのか優樹にはさっぱり分からなかった。

また蜃気楼にせよ他の何か光学的な現象にせよ……こうもはっきりと見える以上は、元となる実物が何処かこの近くに在る筈である。だが付近にそんな見るからに古臭《ふるくさ》い校舎が存在するのならば、地元育ちの優樹が知らない筈が無い。曲がりなりにも高校受験をしたのだから付近の学校については一通り名前くらいは知っているし、廃校《はいこう》なら廃校でそれなりに話題にはなっている筈だ。

無論、最近はコンピュータ・グラフィックスを使って、存在しないものをあたかも現実に存在するかの様に見せ掛《か》ける事も、そう難《むずか》しい作業ではない。だがこんな田舎の通学路で、しかも誰が見るとも分からないのに、わざわざそんな映像を用意する意味が無い。

それに——

「なんなんだ……?」

誘《さそ》われる様にして木造建築に向けて一歩踏《ふ》み出す優樹。

半透明であるにもかかわらず……その校舎はやけに現実的な気配《けはい》を伴《ともな》っていた。今ひとつ距離《きょり》感《かん》が曖昧《あいまい》ではあるのだが、その一方では、まるでそのまま中に入って行けそうな臨場感《りんじょうかん》が在るのだ。ただ立体を感じさせる映像というだけではない。何か独特の空気が——年経《へ》た木造建築特有の乾《かわ》いた匂《にお》いが漂《ただよ》ってくるかの様であった。

木造校舎の幻影《げんえい》——その言葉だけでは表しきれない何かがそこには在る。

「これは……」

何気なく伸《の》ばした指先で……虚像が歪《ゆが》む。

まるで水面《みなも》に生じた波紋《はもん》の如《ごと》く、優樹の指を中心として幾《いく》つも幾つも生み出されては消える半透明の輪。音は無い。指先に感触《かんしょく》も無い。ただ優樹の行動に反応するかの様に木造建築の風景が揺れている。

そして——

(此処ではない何処か)

脳裏《のうり》にそんな言葉が過《よ》ぎる。

それが単に優樹自身の台詞《せりふ》が記《き》憶《おく》の中で反芻《はんすう》されたものなのか——あるいは何者かの囁《ささや》き掛けであったのかは分からない。ただこの不可思議な光景を前にして何か確信の様なものが優樹の中に生まれつつあった。

此処ではない何処か。

それは——

「…………？」

ふと指先に感じる違和感《いわかん》。

それは些細《ささい》なものではあったが……次の瞬間《しゅんかん》には爆発的《ばくはつてき》に全身へと広がって優樹の意識を覆《おお》い尽《つ》くしていた。

「うわっ——!?」

感覚的には立ち眩《くら》みに似ていた。

風景が急激に暗さを増す。まるでカメラの露光《ろこう》を絞《しぼ》るかの様に視界が闇色《やみいろ》に染められて狭《せば》まっていくのだ。同時に身体《からだ》の平衡《へいこう》感覚さえもが消失《しょうしつ》し——優樹は宙《ちゅう》に浮《う》いているかの様な奇妙《きみょう》な感覚を覚えた。

「ひあっ——！　ああっ——!!」

思わず悲鳴じみた声が漏《も》れる。

溺《おぼ》れる者の如《ごと》く必死に手を伸ばして何かを掴《つか》もうとするも……指先はただ空を掻《か》くばかりで何の手応《てごた》えも残らない。それどころか、指先から麻痺《まひ》した様な感覚が身体の中心に向けて上ってくる。身体感覚そのものが消滅《しょうめつ》しつつあるのだ。

「…………!!」

優樹の叫《さけ》びがきこえたのか――黒く閉《と》じていく世界の中で、先程《さきほど》の少女達がこちらを指差して何か叫んでいるのが見えるが、その声はもう届かない。音でさえ闇に呑《の》まれたかの様に消えていき――彼の五感は次々と消失していった。

感覚が現実から引き剝《は》がされていく。

自分が立っているのか。倒《たお》れているのか。座《すわ》り込んでいるのか。それさえ分からない。

ただ……。

（…………え？）

何処かで炎《ほのお》が揺《ゆ》れるのを見た様な気がした。

とてもとても大きな炎。

何処か遠くに。あるいは遥《はる》かな昔に。

それが何かは分からない。考察《こうさつ》する余裕《よゆう》も理解する余裕も優樹には無い。ただ恐慌《きょうこう》状態を起こす自分の中にひどく醒《さ》めた別の自分が居て――それをぼんやりと認識《にんしき》しているに過ぎなかった。

やがて。

長居優樹の意識は否応《いやおう》なく深い深い闇の底に呑まれていった。

◇　◇　◇

彼女が生まれたのは何処《どこ》でもない場所だった。

あくまで『其処《そこ》』であり『此処《ここ》』でしかない場所である。名前を付ける事そのものに実利的な意味は無い。それはあくまで他との区別であって、ただ一つしか存在しない場所に名前を付けても仕方がない。それは単に『世界』の同義語になるだけだ。

そんな閉ざされた場所に彼女は生まれた。

あるいは其処は卵の殻《から》の内の様なものであったのかもしれない。永遠に雛《ひな》を閉《と》じ込めたままの孵《かえ》らぬ卵。無論『孵らぬ卵《エンブリヲ》』などという言葉は当然ながら当時の彼女は知らず——

そもそも『卵』だの『殻』だのといった概念《がいねん》も生まれたばかりの彼女には無かったのだが。

ただ彼女にはある種の衝動《しょうどう》が在《あ》った。

本能と言い換《か》えても良いだろう。自らに行動を促《うなが》す何かが在った。

『このままではいけない』……と。

それは——当初は少なくとも明確な『目的』ではなかった。その様な筋道《すじみち》だった論理的な概念を扱《あつか》うのが可能になったのは後の事である。生まれたばかりの彼女はただ闇雲《やみくも》に活動していたに過ぎない。ただ活動し経験し学習を繰《く》り返す内に、彼女はその衝動を『目的』という形に固定して効率的《こうりつてき》に追求するという方法を覚えていったのだ。

無論それさえもが普通《ふつう》の人間の眼《め》から見れば随分《ずいぶん》と曖昧《あいまい》で稚拙《ちせつ》なものではあったのだが。

そして――

「ならばこうしましょう」

そう言ってくれたのは小竹乃《ささの》であった。

最初の『外来者《がいらいしゃ》』が小竹乃であったのは幸いであったろう。

小竹乃は知識が豊富だった。同時にそれらを噛《か》み砕《くだ》いて説明できるだけの聡明《そうめい》さを備《そな》えていた。小竹乃と出会った事で彼女は随分《ずいぶん》と色々な事を知った。知ってはいても意味が分からなかった諸々《もろもろ》の事を理解する事が出来た。『目的』に明確な形を与《あた》えて自分の中に据《す》える事が出来た。他《ほか》の者であったのならこうはいかなかったかもしれない。

やがて――

「貴女《あなた》が望んだものをここに演じましょう」

小竹乃はその閉じた『世界』を見回して――言った。

「それが紛《まが》い物であれなんであれ――満足を得る事が出来たのならば、あるいは……この『昨日』ばかりが詰《つ》まった殻を、破る事が出来るのかもしれない」

それはとても魅力的《みりょくてき》な提案に思えた。

そしてそれ以上に——彼女には他に選択肢《せんたくし》が無い様にも思えた。

だから……

◇　◇　◇

背中が痛い。

気絶《きぜつ》の闇《やみ》から復帰した優樹の意識に先《ま》ず浮かんだのはそれだった。

眼を開けて身を起こすと——どうやら倒《たお》れた自転車の上に更《さら》に彼が仰向《あおむ》けに倒れ込んでいたらしい。自転車のフレームに背骨が当たっていたのだ。

「……つつっ」

とりあえず床《ゆか》の上に座《すわ》り込んで背中をさする。

（——床？）

そこで優樹は気付いた。

彼は何処《どこ》かの建物の中に居た。

「……なんだ？」

先程まで——記憶《きおく》が途切《とぎ》れるまでは確かに彼は通学路の途中《とちゅう》に居た筈《はず》なのだ。

だが今彼が居るのは明らかに屋内だ。それもどうやら木造建築の中らしい。床にも壁《かべ》にも天井《てんじょう》にも——ありとあらゆる場所にいかにも木造然とした木の肌《はだ》が見える。そんな何処か古めかしい建物の廊下《ろうか》に彼は居るのだった。

廊下。そう——廊下だ。

それも改《あらた》めて左右を見渡《みわた》せばやけに長いと分かる。昨今の一般家屋《いっぱんかおく》ではまず有り得ない長さであった。恐《おそ》らく五十メートル近くは在る。

しかも……

「——学校？」

首を傾《かし》げて優樹は呟《つぶや》く。

明らかに建物の造《つく》りは学校のそれだった。同じ様な感じで幾《いく》つもの窓が並んでおり、その反対側には教室と思《おぼ》しき部屋の扉《とびら》が、これも一定間隔《いっていかんかく》で並んでいる。更にその扉の上には、これまた木製で『弐年弐組』《に》だの『弐年参組』だのと彫《ほ》り込まれたプレートが貼《は》り付けてあった。

とはいえ——

「なんだよ……此処《ここ》は？」

優樹は顔をしかめてそんな事を呟いた。

学校と言っても彼が通っていた処《ところ》とは違《ちが》う。あちらは鉄筋《てっきん》コンクリート構造で内装《ないそう》もこんな木の肌剝《む》き出しの古臭《ふるくさ》いものではない。明らかに別の建物だった。

「…………！」

脳裏《のうり》に閃《ひらめ》くものがあった。

木造校舎。

その一語が気絶する前に見た木造建築を連想《れんそう》させる。

今優樹の居る場所はあの虚像《きょぞう》の元となった木造校舎なのかもしれない。外に出て確認《かくにん》してみないと分からないが——こんな古めかしい雰囲気《ふんいき》の木造校舎がそうあちこちに残っているとも思えないし、それは妥当《だとう》な推論《すいろん》の様に自分でも思えた。

だが。

何処《どこ》かにたまたま優樹の知らない木造校舎が残っていたとして。

優樹の見た虚像の元がこの木造校舎であったとして。

しかしそれでも——どうして自分はこんな場所に居るのかという疑問は残る。

気絶したのは、貧血《ひんけつ》を起こしたとか日射病になったとか、まあ幾らでも原因は考えられる。だが、彼が今此処に居る理由の説明にはならない。倒れた優樹を誰《だれ》かが運んでくれたのかもしれないが、だとしたら保健室にも連れて行かず、こんな廊下《ろうか》の真ん中で自転車ごと放《ほう》り出しておくのはあまりに中途半端《ちゅうとはんぱ》と言う他《ほか》無い。

「なんなんだ……一体」

立ち上がり自転車を引き起こして彼は呟いた。

廊下の真ん中には階段が見える。どうも彼は二階に居る様だが——これも謎《なぞ》と言えば謎だ。親切なんだか薄情《はくじょう》なんだかよく分からない正体不明の運搬者《うんぱんしゃ》は、何故《なぜ》わざわざ優樹と自転車をこんな場所にまで運び上げたのか。

それともわざわざ運び上げた訳ではないのだろうか。

例えば——何処かのSFかファンタジーの如《ごと》く、倒《たお》れた瞬間《しゅんかん》に優樹がそのまま空間転移《くうかんてんい》して此処に直接出現したとか。

「……まさかね」

我ながら馬鹿馬鹿《ばかばか》しい想像を笑おうとして——表情が引きつってしまう。

ではそもそもどんな真実ならば馬鹿馬鹿しくないのか。どんな事情が在《あ》ればこんな状況《じょうきょう》に陥《おちい》るというのか。

「…………」

ぞくりとしたものを覚える優樹。

何か得体《えたい》の知れない現象が自分の身の回りで発生したのだと思うと、やはりある種の恐《きょう》怖《ふ》を覚えてしまう。まして彼は自分が今何処に居るのかも分からないのだ。この建物が学校らしいという事は分かるものの……こんな木造校舎を現役《げんえき》で使っている様な学校組織が優樹の家の近くに在るなどとは聞いたこともない。廃屋《はいおく》なら廃屋でそこに連《つ》れ込《こ》まれる意味が全く分からない。

ひょっとして狐《こ》狸《り》の類《たぐい》に化《ば》かされたのだろうか。

時は既《すで》に二十一世紀、科学万能の現代ではあるが、優樹の住む様な田舎《いなか》では結構《けっこう》その手のものを今なお信じている老人も少なくない。信心《しんじん》深い祖母の話を幾度《いくど》も聞いて育った優樹もその手の発想にはあまり抵抗《ていこう》が無かった。

とはいえ……

(――そうだ。何にしても、こんな処で立っててもしょうがない)

何をするにも先ず自分の居る位置を確認しなければ。

優樹は自分にそう言い聞かせて壁《かべ》の一方――教室とは反対側に歩み寄り窓の外を改《あらた》めて眺《なが》めてみる。自分の現在位置が分かる様な、何か特徴的《とくちょうてき》な地形や建物でも見えるかと思ったのだ。

だが――そこで優樹は絶句《ぜっく》する事となった。

「………………」

白い白い地平線が見える。

そして他には何も無い。

全く——本当に何も無いのだ。比喩《ひゆ》ではないし誇張《こちょう》でもない。砂漠《さばく》ではない。荒野《こうや》ですらない。雪原《せつげん》が最も印象的には近いだろうが——それも明らかに違《ちが》う。見渡す限り僅《わず》かな地面の起伏《きふく》すら無く、白いだけの平面が延々《えんえん》と見渡す限りに広がっているだけで——ただそれだけでしかない世界がそこには在った。

空は一応申《いちおうもう》し訳《わけ》程度に青かったりもするが、一片《いっぺん》の雲も見あたらない。方角《ほうがく》が違うのか太陽さえも見あたらない。ただ単に途方《とほう》もなく巨大《きょだい》な蒼《あお》と白の板で仕切られただけ——そんな風にも見える。

一体此処《ここ》は何処《どこ》なのか。

こんな場所が現実に在る筈《はず》が無い。こんなに極端《きょくたん》で異常な光景が実際に存在するのならば……いくらなんでも知られていない筈がない。エアーズロックもナイアガラの滝《たき》もこれに比べれば普通《ふつう》の——常識の範囲内《はんいない》で理解出来る自然でしかなかった。

「えーと…………」

とりあえず優樹はくるりと踵《きびす》を返すと手近な扉《とびら》を開いて教室の中に入った。

今のは目の錯覚《さっかく》というか見なかった事にするというか——まあ訳の分からない光景はさ

ておき、反対側も見てみようと思ったのである。

「………」

教室そのものは平凡《へいぼん》なものだ。三十程《ほど》のやはり木製の机と椅子《いす》が整然と並んでおり、同様に木製の教壇《きょうだん》が在る。一方の壁には黒板が在り反対側には掲示板《けいじばん》が在る。古臭《ふるくさ》い事を除《のぞ》けば何の変哲《へんてつ》も無い教室の風景だ。

だがその向こう――窓硝子越《まどガラスご》しに見えるのは先程と同じ白い平面と濃淡《のうたん》の無い青空だけだった。

「な……なんなんだ……」

訳が分からない。

この光景と自分が立ち眩《くら》みを起こして気絶した事と何か関係が在るのか。無いのか。

そして――

「……どうやって帰ればいいんだ」

優樹は呟いた。

目印になるものが何も無いのだ。学校以外は――その校舎と敷地内《しきちない》に存在する諸々《もろもろ》のもの以外は本当に何も見あたらない。塀《へい》の外に広がる虚無《きょむ》の領域が何処まで続いているのか、何処まで行けば終わるのかさえ想像がつかない。

「夢見てる訳じゃない……か」

頬《ほお》をつねるまでもなくはっきりと身体《からだ》の感覚は在る。夢特有の何処かが麻痺《まひ》しているかの様な曖昧《あいまい》さは無い。無論——夢か否《いな》かの判別もつかない位に優樹の感覚が狂《くる》っているという可能性も無いではないのだが。

(落ち着け。落ち着け。落ち着け。今すぐ何か危険が迫《せま》ってる訳じゃない)

そう胸の中で自分に言い聞かせる優樹。

(不思議な事が在ったって別におかしくない。おかしくないんだ。人間の知恵《ちえ》は未《ま》だ万能《ばんのう》でも完璧《かんぺき》でもない。理解し切れていない事実を『不思議』と表しているだけなんだ)

前述の通り優樹は割とオカルト的な考えに抵抗が無い。

単に田舎育ちだからか、あるいは幼児の頃《ころ》には共働きで忙《いそが》しかった両親の代わりによく面倒《めんどう》を見て貰《もら》っていた祖母が、元神道《もとしんとう》の巫女《みこ》で、何かと信心深いせいか——一応現実主義者ではあるものの、超常《ちょうじょう》現象《げんしょう》の全《すべ》てを頭から『プラズマ』だの『気のせい』だのと切って捨てる事も出来ない。むしろ超常現象を一切《いっさい》認めない方が非現実的ではないのかと彼は考えている。

例えば中世の人間に放射能《ほうしゃのう》や電磁場《でんじば》の話をしても分かるまい。見えないから触《ふ》れられないからといってそれが『無い』訳ではない。ただ当時の人間には認識《にんしき》する手段が無かっただけの話だ。ならば現時点で人間の認識や科学が追い付いていない『何か』がこの世にはまだまだ在《あ》るという事も十分に考えられる——と優樹は思うのだ。

この広くて複雑に入り組んだ世界では、人智《じんち》の及《およ》ばない不思議な事の一つや二つが在っても別におかしくないのではないか。だから彼は不思議な現象を受け容《い》れる事そのものについてはそんなに抵抗を感じない。幽霊《ゆうれい》もUFOもUMAも皆《みな》同じだ。『そういう事も在るかもね』程度の感覚で優樹は不可思議なものを捉《とら》えていた。

もっとも——実際に自分の身の上にその不思議が降りかかってくれば『そういう事も在るかもね』と涼《すず》しげに構えてなどいられない訳で。

「…………くっ……」

未知なるものに対して恐怖《きょうふ》を覚えるのは人間として当たり前の反応だ。叫《さけ》び出したい様な衝動《しょうどう》が身体の内を走る。何処に向かうでもなく、ただ辺りを駆《か》け回ってしまいたくなり気持ちを必死に抑《おさ》え付けて優樹は眼《め》を閉じた。

まず深呼吸を三回。

次に鞄《かばん》の中に手を入れて——愛用のペンタックスSPを取り出す。

フィルム・レバーを回してシャッター・ボタンを押《お》してみた。

硬《かた》く冷たいボディ・フレームの中でかしゃりとシャッターが切れる感触《かんしょく》——慣《な》れ親しんだ機械の誠実で裏切らない感触が、優樹にほんの少しだが冷静《れいせい》さを取り戻《もど》させてくれる。

「…………よし」

完全に落ち着いた訳ではないが、少なくとも錯乱《さくらん》したりはせずに済《す》みそうだ。優樹は手近に在った椅子《いす》を引いてその上に腰《こし》を下ろした。

先《ま》ずは感知《かんち》し理解出来る範囲で可能な限り多くの事を把握《はあく》しておく必要が在る。

この建物は何か？

学校だ。木造校舎。まるで廃校《はいこう》寸前の旧《ふる》い——

「——あ」

そこまで考えてふと優樹は気付いた。

おかしい。何かちぐはぐだ。

違和感《いわかん》は最初から在ったが——その理由の一つが分かった。

やけに旧そうな建築様式にもかかわらず、この教室には何ら使い古された雰囲気《ふんいき》が無いのだ。永く使われていれば、どれだけ丁寧《ていねい》に扱《あつか》ってもあちこちに細かい傷や汚《よご》れが生《しょう》じてくるのは避《さ》けられない筈である。なのにこの教室には何処にも——壁にも床《ゆか》にも机や椅子にも——全くそれらしい経年《けいねん》の徴《しるし》が無い。まるで未《ま》だ一度も使われた事が無いかの様に真新しいのだ。床などは昨日にニスを塗《ぬ》ったばかりとでも言うかの如《ごと》く、てかてかとした艶《つや》を示している。窓には亀裂《きれつ》どころか曇《くも》り一つ付いていない。

「そんな馬鹿《ばか》な……」

今時こんな木造校舎を誰《だれ》が新築《しんちく》するというのか。ある種の懐古《かいこ》趣味《しゅみ》や酔狂《すいきょう》で作るにしては少々規模《きぼ》がでかすぎるし……それならそれで警備員の一人もいそうなものである。

「……やっぱり幻覚《げんかく》でも見てるんだろうか」

呟《つぶや》いて優樹は、今時のカメラの基準からすれば珍《めずら》しい金属製のレンズ・カバーをペンタックスSPから外《はず》してポケットに入れる。

写真を撮《と》ろうと考えた訳ではない。フィルムは入れていない。ただこれがもし幻覚ならば、不確かな自分の眼だけではなく、純然たる無機物《むきぶつ》のレンズを通す事で真実が見えたりはしないだろうか――ふとそんな事を想《おも》ったからである。

カメラを構えてみる。

だが生憎《あいにく》とファインダーを覗《のぞ》いてみても教室の風景は変わらなかった。窓の外も相変わらず非常識なまま。少しがっかりしながらも優樹はペンタックスSPを構えたまま横へと視線を滑《すべ》らせて――

「………………!?」

ぎくりと彼は身を竦《すく》ませた。

何の前兆《ぜんちょう》も脈絡《みゃくらく》も無くそこに一人の少女の姿が在ったからだ。

絶対に数秒前までは——優樹がファインダーを覗き込む前には誰も居なかった筈《はず》の空間。

そこに小柄《こがら》な少女が一人立っていた。

艶《あで》やかさは無いが、とても清楚《せいそ》で可憐《かれん》な雰囲気を帯《お》びている。年齢《ねんれい》は恐《おそ》らく優樹と同じ位か——あるいは少し下だろうか。長く癖《くせ》の無い黒の髪《かみ》と、大きな黒の双眸《そうぼう》に対して、鮮《せん》烈《れつ》な程に白い——光の加減《かげん》によっては病的にさえ見えるかもしれない——肌《はだ》がくっきりとしたコントラストを描《えが》き出している。衣装《いしょう》もオーソドックス極《きわ》まりないデザインな上に白と黒のセーラー服で……ファインダー越《ご》しに見ているせいか、教室に佇《たたず》む少女の姿は何処《どこ》か非現実的なものが在った。

そう——例えば何十年も前に撮られたモノクローム写真の中の住人の如くに。

水墨画《すいぼくが》の様な容貌《ようぼう》の中で桜色の唇《くちびる》だけがその少女の実在を主張していた。

「…………」

恐る恐るファインダーから眼を離《はな》してみると確かに少女はそこに居た。

少女は何をするでもなくただ教室の片隅《かたすみ》に佇んで——窓の外を見ている。

だが……

（……なんていうか）

何処かひどく浮世離《うきよばな》れした感じがする。

声を掛《か》けたらそのまま消えてしまいそうな気がして、優樹はしばし無言《むごん》でその少女を眺《なが》めていた。こんな状況下《じょうきょうか》で、しかも何処から現れたかも判然《はんぜん》としないのだが……不思議と怖《こわ》いとか気味が悪いとは感じない。

むしろ——

「……あの」

勇を鼓《こ》して声を掛けてみる。

少女はそれを待っていたのかもしれない。黒髪と共に白いリボンがさらりと揺《ゆ》れる。振《ふ》り返った少女は——体重を感じさせない軽《かろ》やかな動作で優樹の方へと歩み寄ってきた。

ただ歩く——それだけの姿がひどく愛らしい。些細《ささい》な仕草《しぐさ》の一つ一つにまで俗《ぞく》っぽさがまるで無いのだ。まるで世間に触れさせずに育てられてきたかの様な無垢《むく》さと典雅《てんが》さが少女の姿には備《そな》わっていた。

「……あの」

もう一度声を掛けてみるが——少女からの応答は無い。

代わりに近付いてきた少女はそっとその白い手を伸《の》ばした。

半《なか》ば反射的に身を引こうとして——しかし彼の動作は遅《おく》れた。少女の動きがあまりに自然であったからかもしれない。実際にはわずかに身を震《ふる》わせただけで優樹はその場に立ち尽《つ》くしたままだった。

白い指先が優樹の頬《ほお》に触れる。

「…………」

まるで愛撫《あいぶ》するかの様に頬の上を滑《すべ》る細い指。

地味《じみ》な——マニキュアを塗《ぬ》るでもなく伸ばすでもなく、幼い子供のそれの様にきちんと摘《つ》まれた爪《つめ》がむしろ優樹には新鮮《しんせん》に見えた。

少女はそのまま……温《ぬく》もりを確かめるかの様に掌《てのひら》をぺたりと優樹の頬に添《そ》えた。

「…………！」

思わず赤面《せきめん》する優樹。

だが少女は構わずぺたぺたと優樹の顔を、肩《かた》を、腕《うで》を、胸を、撫《な》で回す様にして触《さわ》っていく。ただしその動きにはあまり淫靡《いんび》な印象は無く……むしろ目隠《めかく》しをされた者が対象物の形を触って確かめようとする動きにも似ていた。

「あ……あのっ……!?」

狼狽《ろうばい》する優樹。

情《なさ》けない位に——露骨《ろこつ》な程《ほど》に心拍数《しんぱくすう》が上昇《じょうしょう》する。

幼馴染《おさななじ》みを想うあまりに、他の少女達にはあまり興味が湧《わ》かなかった彼であるが……たとえ性的な意味合いは無くとも、こんな風に何度も何度も異性に触れられて平静を保てる程、朴念仁《ぼくねんじん》でもなければ百戦錬磨《ひゃくせんれんま》でもない。それが掛け値なしに可愛《かわい》らしい少女であるのならば尚更《なおさら》の事である。

挙《あ》げ句《く》——

「…………」

するりと少女の手が優樹の頬を滑《すべ》りうなじを過ぎ——きゅっと細い腕が彼を抱《だ》きしめる。

ただでさえ上昇気味だった血圧と心拍数が一気に跳《は》ね上がる。

「…………！…………!!」

焦《あせ》る余《あま》りにもう言葉が出てこない。

少女はまるで頬擦《ほおず》りするかの様にして優樹の胸の上で顔を滑らせ——心臓の上辺りに横顔を当てたまま

じっとしている。

そして——

「うわあ……」

少女の第一声はそれだった。

鈴《すず》を振るかの様な可愛らしい声である。高く細いが決して耳障《みみざわ》りな程ではない。涼《すず》しげ
で透明《とうめい》な——発する者の無邪気《むじゃき》さが透《す》けて見えるかの様な声音《こわね》であった。
だが……

（……「うわあ」？）

空回《からまわ》りし続ける意識の片隅《かたすみ》で、ふと優樹は眉《まゆ》をひそめる。

何というか……この少女の第一声としてはあまり似つかわしくない様な気がした。では
どういう台詞《せりふ》ならば相応《ふさわ》しいのかと言われれば、優樹にも咄嗟《とっさ》に思いつかないのだが。何
にしても何処か蜃気楼《しんきろう》の様な儚《はかな》げな——そしてとても繊細《せんさい》な美しさを備《そな》えたこの少女の台
詞としては、もっと劇的で『それっぽい』ものが在《あ》ってしかるべきじゃないだろうか……
などと優樹は思った。

しかし優樹の感想とは裏腹に少女は『へえ』とか『ほほう』とか『おお』とか、まるで
珍《めずら》しいものを品定《しなさだ》めしているかの様な台詞を連発しながら、その白い繊手《せんしゅ》で優樹をぺたぺ
たと触り続けている。その表情はまるで新しい玩具《がんぐ》を与《あた》えられた童女《どうじょ》の様に無邪気な喜び
に満ちていた。

「あ……あのっ!!」

さすがに我慢《がまん》出来なくなって……優樹は少女の肩を摑《つか》んで自分の身体《からだ》から引き剝《は》がした。

「──？」

　少女はきょとんとした表情で動きを止めて優樹の顔を見つめてくる。

　出来る限り目立たない様に呼吸を整えてから──ついでに血圧と脈拍も落ち着いて顔の火照《ほて》りも引く様に念じながら──優樹は少女に言った。

「な……なんなんだよ……いきなり」

「…………………………？」

　怪訝《けげん》そうな表情を浮《う》かべて沈黙《ちんもく》する事──約十秒。

「…………………………ああ！」

　ぽんと手を打ち合わせる少女。

　ようやく得心《とくしん》がいったと言わんばかりに頷《うなず》きながら少女は優樹に向けて微笑《ほほえ》んだ。

「ごめんね？　嬉《うれ》しくってさ──つい」

「……『嬉しい』？」

「ずっと待ってたから……何だかもう嬉しくなっちゃって」

　少女は小さく舌を出して言った。

　そんなあざとい仕草《しぐさ》もこの少女がやるとひどく自然で可愛《かわい》らしいのだが──今の優樹にはそれに見とれている余裕《よゆう》など在《あ》る筈《はず》も無い。

「『待ってた』って……」

「君みたいな人が来てくれるのをずっと待ってたの」

少女は臆面《おくめん》もなくそんな事を言って優樹の手を取る。

やはりその動作には何のてらいも無ければ気負《きお》いも無い。無邪気《むじゃき》そのものといった感じで、少女の仕草にはまるで表裏が無いのだ。そんなに人間観察の眼《め》を養《やしな》ってきた訳ではないが……優樹の眼には、彼女が思った事をそのまま実行しているだけの様に見えた。

何というか――珍《めずら》しい少女ではあった。

今時の少年少女は、たとえ小学生でもこんな開けっぴろげな雰囲気《ふんいき》は無い。まして中学生や高校生ともなると拙《つたな》いながらも自分の表情や仕草を使い分けるものだ――感情に即《そく》してではなく状況に合わせて。

「僕みたいなって……」

そこまで言って優樹は気付いた。

『待ってた』と少女は言った。という事は少なくとも少女は優樹よりも先に此処《ここ》に来ているという事だ。ならば……このおかしな場所についても、この少女は優樹より多くの知識を持っているのではないだろうか。

「此処って一体何処《どこ》なんだ？」

無論、彼女とて優樹と同じ様に何者かに此処へ連れてこられ、状況も分からず途方《とほう》に暮《く》れていたという可能性も無いではない。『待ってた』という言葉も自分を助けてくれる誰《だれ》かを待っていたという意味なのかもしれない。

だが……この少女にはあまり切羽《せっぱ》詰《つ》まった様子が無い。

むしろ自分の家に居るかの様に落ち着いている。

「……此処？」

少女は再び小さく首を傾《かし》げて言った。

「何処って——学校だけど？」

「いやそうじゃなくて。学校の名前とか地名とか」

「学校名は『すずのみやがくえん』」

少女はにっこりと笑って言った。

「地名は——無いの」

「はあ？」

「此処は此処でしかないから。強《し》いて言うならば『すずのみやがくえん』以外の場所は此処には無いから。だから地名とかは無いの」

「…………」

　意味不明だ。

　この少女は一体何を言っているのか。ひょっとして頭がおかしいのではないか。

　いや……そもそもこの少女は何者なのか。

「君……名前は？」

「『すずのみやがくえん』」

　少女は繰《く》り返した。

「そうじゃなくて。君の名前だよ」

「だから——」

　少し拗《す》ねた様な表情を浮かべる少女。

　優樹が自分の台詞《せりふ》を聞いていなかったとでも思ったのだろうか。

「『すずのみやがくえん』だってば」

「…………」

　黙《だま》り込む優樹。

　会話が嚙《か》み合わない。至極《しごく》単純な言い回しをしているつもりなのだが。やはりこの少女は頭がおかしいのだろうか。それとも優樹か少女かどちらかが——あるいは双方《そうほう》が——何かつまらない誤解《ごかい》でもしているのだろうか。

「学校の名前は？」

「すずのみやがくえん」

「君の名前は？」

「すずのみやがくえん」

「…………同じ名前？」

まあ同音異義語《どうおんいぎご》というか——たまたまこの少女の名前がこの学校と同じという事が絶対に無いとは言い切れない。だろう。多分。そうするとこの少女の場合は姓《せい》が『すずのみや』で名が『がくえん』という事になる。漢字はどんな漢字を当てるのだろうか。上はまあ『鈴乃宮』とか『鈴野宮』とかだとして、下は『牙久遠《がくえん》』とか『顎炎《がくえん》』とか……

（……いやいや）

どう考えても女の子の名前ではない。

すると切る場所が間違《まちが》っているのか。

例えば姓が『すずのみ』で名が『やがくえん』なのかもしれない。あるいは姓が『すずのみやが』で名が『くえん』という事もあり得る——

（……訳ないだろ、いくらなんでも）

と胸の中で自分に突《つ》っ込む優樹。

それを証するかの様に——

「違うよ」

少女は微笑《ほほえ》みながら首を振《ふ》る。

怪訝《けげん》そうに自分を見つめてくる優樹に対して少女はあっさりと言った。

「私はこの鈴乃宮学園なの」

「……は?」

思わず眼を瞬《まばた》かせて少女の顔を見つめる優樹。

相変《あいか》わらず表裏の無い、素直《すなお》で無邪気《むじゃき》な笑みがそこには在った。

◇　◇　◇

長居優樹が銀塩《フィルム》カメラを使っているのには幾《いく》つかの理由が在る。

そもそも彼が写真を撮《と》り出したのはある種の下心——と言ってしまうと語弊《ごへい》が在るかもしれないが——が在ったからだ。元々彼はそんなに写真に興味《きょうみ》が在った訳《わけ》ではない。彼がカメラを手にしたのは実に思春期《ししゅんき》の少年らしい——そして今にして思えば少しばかり浅はかな思惑《おもわく》が働いた結果だった。

優樹には好きな女性《ひと》が居た。

誰にもその事実を言った事は無い。無論、告白などしていないし、女性本人も優樹の想《おも》いになど気付いてはいないだろう。優樹はとにかくその事実を隠《かく》しに隠してきた。あまりにも気恥《きは》ずかしいからだ――幼馴染《おさななじ》みのお姉さんが好きだなどと言うのは。

彼女とはもう十年以上の付き合いだ。

物心付いた時から彼女は彼の側《そば》に居た。当然だが昔から彼女の事を異性として好きだった訳ではない。ただ幼い頃《ころ》は一緒《いっしょ》によく遊んだし――少し気の弱い処《ところ》の在った優樹は同じ年頃の男の子達と遊ぶよりも彼女とままごとやゲームをしている方が性《しょう》に合ったのだ――親同士の仲も良かったので両親が都合《つごう》で出掛《でか》ける時など、彼女の家に泊《と》まった事も何度かある。十歳《さい》位までお風呂《ふろ》だって一緒に入ったものだ。

昔から優樹は彼女が好きだった。

それが単なる『好き』から何か特別な意味を含《ふく》んだ『好き』に変化したのは恐《おそ》らく中学二年の頃だろう。彼は高校の進学先を考えていた際――半《なか》ば自然に彼女の通う高校を選んだ。高校に入った時点で彼女は部活を始め、帰ってくるのが遅《おそ》くなった。自然と彼が彼女と顔を合わす時間も減《へ》り――それが彼は寂《さび》しくて少しでも彼女の近くに居られる様にと彼女の通う高校の受験願書《がんしょ》を取り寄せていた。

ただ――彼と彼女の間には二年分の年齢《ねんれい》差が在る。

優樹が一年になる頃には彼女は三年生だ。大学受験をするにしろ就職《しゅうしょく》するにしろ三年はどうしても学校を休みがちになるし、一年間丸々彼女と一緒に居られる訳ではない。だが、それでも優樹は彼女の通う学校に入学したいと思ったし、その為《ため》に勉強も頑張《がんば》った。志望校としては一段ランクが上で、担任からは『無理とは言わないがきついぞ』と言われていたが、それでも彼は何とかその高校に補欠合格《ほけつごうかく》を決める事が出来た。

だが。

同じ高校に入ったからといって当然の様に彼女の側に居られる訳ではない。一年坊主《ぼうず》が三年生の教室に頻繁《ひんぱん》に出入りするのもおかしな話だし、その理由も曖昧《あいまい》ではむしろ気味《きみ》悪がられてしまうだろう。

考えあぐねた優樹は、ふとそこで母方の祖父《そふ》の事を思いだした。

祖父は写真を趣味《しゅみ》にしていて母方の実家には祖父が撮ったという写真が何千枚と残っている。その中でも一番多い被写体《ひしゃたい》が祖母だった。切り取られたモノクロームの風景の中で、今の彼女からは想像も出来ない位に若々しく愛らしい祖母が微笑《ほほえ》んでいる写真を、優樹は何枚も見てきた。

祖母の話によると――祖父の被写体役をする様になったのは付き合い始めるよりも前なのだという。一括《ひとくく》りに美人と言っても、その中には写真映《ば》えのする者としない者が居るとかで……結果的に被写体と撮影者《さつえいしゃ》として同じ時間を共有《きょうゆう》する内に、双方《そうほう》に恋心《こいごころ》が芽生《めば》えたりした訳だが、元々祖父が祖母に興味を持ったのは先《ま》ず被写体としてであって、写真を撮り始めた当初はお互《たが》いに将来自分達が添《そ》い遂《と》げる事になるとは思ってもみなかったのだという。

正直言って、孫に自分たちの馴《な》れ初《そ》めを語る上での照《て》れもあるだろうし、もう五十年も前の事なので記憶《きおく》違いも在るだろうから、祖母の話は何処までが本当の話なのかは分からない。だがこれはいけるのではないか——と優樹は思った。

被写体。それを口実に彼女の側に居るのはごく自然な事の様に思えた。

優樹は祖母に手伝ってもらい、祖父の遺品《いひん》をあさった。

改めてデジカメだの何だのを買うだけの金銭的な余裕《よゆう》は無かったし、かといって『被写体云々《うんぬん》』という理由を並べる割に、携帯電話《けいたいでんわ》付属《ふぞく》のカメラで彼女を撮っていてはどうにも格好《かっこう》がつかない。

何より——わざわざこのデジカメ全盛期《ぜんせいき》に、銀塩カメラを使っているというのは何処か『通《つう》』っぽいというか『こだわり』が感じられる様な気がして、格好良いのではないか、と思ったのだ。

こうして優樹は祖父の遺品の中から一台のカメラを持ち出した。

いかにも『カメラ』然とした旧《ふる》い一眼《いちがん》レフ。

アサヒ・ペンタックスSP。

祖母の話によると元々警察の鑑識《かんしき》をしていた祖父が愛用していた品で——その頑強《がんきょう》さには定評《ていひょう》があるんだとか。だから鑑識でもよく使われたカメラで、ライカだのニコンだのと高級カメラも何台か所有《しょゆう》していた祖父が、実は仕事でもプライベートでも一番愛用していた品なのだそうだ。

そんないわくも優樹にはなんだか格好良く思えた。

だから祖母に礼を言ってSPを持ち帰ったその日から、優樹は分からないなりに写真を撮り始めた。

何しろ動機が動機だ。写真の事など全く彼は分からない。ましてやクラシック・カメラとなると最早《もはや》、古代遺跡《いせき》から発掘《はっくつ》された謎《なぞ》の物体と大差ない。

例《たと》えばフィルムを入れる為にボディ・カバーを開こうとして、それらしいスイッチが何処《どこ》にも無い事に気付いた優樹は途方《とほう》にくれた。当然、取説《マニュアル》なんぞ残っている筈《はず》が無い。結局、フィルム巻き取り用のノブ——正しくは『巻き取りフランク』というらしい——がカバー解放のスイッチを兼《か》ねていると気付くのに彼は半時間かかった。

また——撮る写真撮る写真が皆《みな》、ピンぼけ。試《ため》しにと家で飼《か》っていた金魚を撮ろうとしたのだが、どうも上手《うま》くいかない。被写体《ひしゃたい》までの距離《きょり》が一メートルを割る様な至近《しきん》距離での撮影には『マクロレンズ』という特殊《とくしゅ》なレンズが必要だと知ったのはそれから一週間も後の事だ。

とはいえ。

試行錯誤《しこうさくご》も繰《く》り返せばそれなりに何かが残る。

一か月を過ぎる頃には何とか普通《ふつう》に優樹は写真が撮れる様になっていた。

ところが――

◇　◇　◇

「――ねえ」

声が背後《はいご》から追ってくる。

先程《さきほど》から無視《むし》を決め込んでいるのだが、声の主は一向に諦《あきら》めようとしない。

「ねえ。ねえったら。ねえ」

執拗《しつよう》に追ってくる。

「ねえねえねえねえねえねえねえねえ……」

しつこくしつこく――それはもう呆《あき》れる位にしつこく追ってくる。

優樹は黙《だま》って廊下《ろうか》を歩きながら首に掛《か》けていたヘッドフォンを装着《そうちゃく》した。

再生ボタンを押《お》して音量を上げる。途端《とたん》にメモリーの中に記憶《きおく》されているJポップスが必要以上の音量で彼の鼓膜《こまく》を叩《たた》いた。ついでにスイッチを操作《そうさ》して演奏モードを『リピート』に設定する。

これで余計《よけい》な雑音《ざつおん》は耳に入らない。

優樹は意識を視線にだけ集中して——

「——ねえってば」

ひょいと優樹の前に出てきた少女が、優樹の腕《うで》にしがみつき、更《さら》にヘッドフォンを引っ張って言ってくる。少女の体重に引っ張《ぱ》られて仕方なく立ち止まった優樹に、雑音の主は更に繰り返して言った。

「ねえねえ」

「ああもう——うるさいっ！」

優樹が喚《わめ》くと——壊《こわ》れたオーディオ機器の如《ごと》く『ねえ』を連発していた少女はぴたりと黙《だま》り込んだ。

「どうしたの？」

「どうしたの……じゃないだろ」

うんざりした表情を浮《う》かべて優樹は言った。

何処の誰《だれ》とも分からない女の子の冗談《じょうだん》に付き合っている余裕は、今の彼には無い。ひょっとしたら単に頭がおかしいだけなのかもしれないが、優樹にとっては同じ事だ。

少女は自分の事をこの『学園』なのだという。

はっきり言って意味不明だ。

そもそも学園というものは厳密《げんみつ》に言えば校舎の事でも敷地《しきち》の事でもない。組織であり制度でありそれを物理的に構成する施設《しせつ》や人員を含《ふく》めた概念的《がいねんてき》な存在だ。それがどういう理《り》屈《くつ》で目の前の少女とイコールで結べるというのか。

どこからどう見ても少女は過不足無《かふそくな》く人間の姿をしている。

それ以上の何かに見える訳でもそれ以下の何かに見える訳でもない。外見に関して言えば並外《なみはず》れて可愛《かわい》いとは優樹も思うが——それ以上の感想を抱《いだ》く様な特別な要素は見あたらない。どこぞの漫画《まんが》やゲームの登場人物の様に、翼《つばさ》が生《は》えている訳でも尻尾《しっぽ》が生えている訳でもない。ましてや額《ひたい》に『鈴乃宮学園』と入れ墨《ずみ》してある訳でもない。

何にしても——よく他人からは『人が善《よ》い』と言われる優樹であるが、見ず知らずの少女にいきなり『私は学園なんだよ』と言われて『なるほどそうだったんだネ』と無条件に納得《なっとく》する程、素直《すなお》でもなければ阿呆《あほう》でもなかった。

「何を怒《おこ》ってるの？」

不思議そうに少女は尋《たず》ねてくる。

頭がおかしいのか単にからかっているのか。何にしても話にならない。

ならば徹底《てってい》して無視すれば良いものを……ここで冷厳《れいげん》と無視しきれないのが長居優樹という少年の長所でもあり欠点でもある。

「あのね」

優樹は溜《た》め息《いき》をついて言った。

「僕は今、冗談が聞きたい気分じゃないの」

「冗談？　なにが？」

「君が学校だって話」

「学校じゃないよ。学園」

ここがこだわり所だとでも言わんばかりに少女は強調する。

「いっしょだってば」

呻《うめ》く様に言う優樹。

微妙《びみょう》に話が嚙《か》み合っていないせいか、どうもこの少女と喋《しゃべ》っていると徒労感《とろうかん》がつきまとう。言葉が通じないならまだマシだ。通じた上で話が内容的に嚙み合わないのは、余計《よけい》に疲《つか》れる。

「すると何？　君は女の子の様に見えるけどそれは見せかけで、実はこの校舎そのものだっての？」

「うん。そんな感じ」

何の躊躇《ためら》いも無く頷《うなず》く少女。

優樹は半眼《はんがん》で少女を眺《なが》めながら断じた。

「嘘《うそ》つき」

「嘘じゃないよ」

少女は主張するがさすがに優樹も信じる事は出来ない。

「私は本当にこの学園なの。正確に言えば学園の一部なんだけどね。私も校舎も空も地面も。この辺は小竹乃《ささの》さんの受け売りなんだけど、恐《おそ》らくこの空間そのものが――」

「はいはい。分かりました」

溜め息をついて優樹は言った。

やはりこの少女はちょっと頭がおかしくて『自分が学園である』という突拍子《とっぴょうし》も無い話を本気で信じているのかもしれない。そこでムキになって彼女の妄想《もうそう》――それは彼女にとっては真実以外の何物でもない訳だが――を否定しても詮無《せんな》いことである。

「分かってくれた?」

と表情を輝《かがや》かせて言う少女。

「……うん。まあ」

と……一応《いちおう》話を合わせておく。

内容がどれだけ電波《でんぱ》っぽくても、この少女が大真面目《おおまじめ》に言っているのならば……少女には別に悪気《わるぎ》は無い訳で。怒ったり無視したりするのも気《き》の毒《どく》に思えてきたのである。

「……じゃあさ」

ふと思って優樹は尋《たず》ねた。

「君の事は『なんたら学園』さんって呼べば良い訳?」

言ってから、少し意地悪《いじわる》な質問だったかな――と内心反省した優樹であったが、少女は気にした風も無く訂正《ていせい》してきた。

「『鈴乃宮学園』だよ」

「はいはい。鈴乃宮学園さんね。さしずめ姓《せい》は鈴乃宮で名は学園ってとこ?」

ひたすら無意味な手続きを踏《ふ》んでいるかの様な徒労感《とろうかん》を覚えながら優樹は言う。

だが彼のこの台詞《せりふ》は……少し意外な効果を生んだ。

少女が少し眉《まゆ》をひそめて首を傾《かし》げたのである。

「……変かな？」

「変というか……」

どうせまともな会話は成立しないだろうと思いつつも、あまりにも真面目な表情で少女が首をひねっているので、優樹としても適当《てきとう》な事を言いにくくなってしまう。

「やっぱり違和感《いわかん》在《あ》るけど」

「今までは『鈴乃宮ちゃん』だったんだけど……」

少女は腕《うで》を組んで言った。

確かに姓としてはおかしくは無かろう。優樹としてはそれで充分《じゅうぶん》だった。別に恋人同士《こいびとどうし》でもあるまいし、名前を呼ばなければならない場面が出てくるとも思えない。

「まあそれはそれで良いんじゃないのかな。僕もそう呼――」

「じゃあね」

何か思い付いたらしく少女はぽんと手を打ち合わせて言った。

「名前付けて名前」

「――は？」

「私の名前」

「……いきなり何を言うんだか」

優樹は呆《あき》れの表情を浮かべて少女を眺《なが》めるが、少女は本気で言っているらしい。『名案!』とばかりに満足げな表情で何度も頷《うなず》いている。

「ただ普通《ふつう》に『鈴乃宮学園』って言ったらこの校舎そのものを指《さ》してるのか、こっちの身《から》体《だ》を指してるのか分からないものね。これからは絶対、別の名前が在った方が便利よね? うん。そうよね。こんがらがらない様に、こっちの身体にも名前付けるべきよね? 折角《せっかく》、女の子の形してるんだし」

「いや……あのね?」

「何でもいいよ。私は特に思い付かないから君が付けて」

「いや。でも……う－ん……」

名前というのはそんな簡単に付ける様なものだろうか。

だが何やら期待に満《み》ち満ちた眼《め》で自分を見つめてくる少女を前にすると、優樹としても『嫌《いや》だ』とは言いにくい。元々が人が善いというか、頼《たの》まれればなかなか嫌とは言えない性格なのだ――たとえ相手がちと変な少女であったとしても。

「……まあいいか」

そんなに真剣《しんけん》に考える事も無かろう。

渾名《あだな》を付ける様なものと考えれば、問題は無い様な気もする。彼女の本当の名前が判明《はんめい》すればそっちに切り替《か》えれば良いだけであって、これはあくまで仮の――文字通りに仮名であるから、気楽に考えれば良いのだ。

しかし『何でもいい』と言っているが――優樹が『ゴリアテ』とか名付けてもこの少女は納得《なっとく》するのだろうか、とか考えたりもする。

「うーん。鈴乃宮……鈴……鈴……鈴子とか」

「やだ」

いきなり却下《きゃっか》。

「それってなんか適当《てきとう》って感じするよ」

何処《どこ》か不満《ふまん》げな表情を浮《う》かべ、上目遣《うわめづか》いに優樹を見ながら少女が言ってくる。何でも良いと言った割には、彼女なりのこだわりがあるらしい。まあ確かに『鈴子』というのは『鈴之宮』から一字取って付けただけなので――安易《あんい》と言われれば安易かもしれない。

「折角《せっかく》だから違《ちが》う名前がいいな」

「女の子の名前……」

といっても、いざ何も無い処《ところ》から名付けるとなるとなかなか出てこない。

さすがに目の前の少女に、自分の祖母や母の名前を付けると微妙《びみょう》に呼びにくいというか、妙な気分になるし、かといって他《ほか》にこの少女に似合《にあ》いそうな名前と言えば――

「……詩月《しづき》？」

ふとその名前が口をついて出た。

しかし――

「分かった。私は『しづき』ね」

少女が頷く。

だが優樹は少し慌《あわ》てて首を振《ふ》った。

「あ……いや。それは駄目《だめ》」

「どうして？」

「ええと……あの。それって別の人の名前だから」

「……よく分からない。それって駄目なの？」

まあ確かに誰かの名前だからといって、その名前を別の人間に付けてはいけないという道理《どうり》は無い。道理は無いのだが……

「いや……だから僕の知り合いの名前なんだけどね。他人の名前をそのまま付けられても嫌でしょ？」

「私は気にしないよ？」

きょとんとした表情で言う少女。

どうもまずい事に、もうすっかり少女は『しづき』のつもりらしい。

実のところ――思わず口走ってしまったが、そもそもその名前は優樹自身が今一番聞きたくない名前なのだ。それがもし可能なら、記憶《きおく》から綺麗《きれい》さっぱり削除《さくじょ》してしまいたい位である。なのに目の前の少女にそんな名前を付けてしまっては、事ある毎《ごと》に想《おも》い出させられてしまうではないか。

「ええと。だから――」

何とかキャンセルできないかと言葉を探す優樹。

そんな彼をじっと少女は見つめていたが――

「私は気に入ったんだけどな。『しづき』。どんな字を書くの？」

「……詩を詠《よ》むの『詩』に三日月の『月』」

仕方なく答えてやると少女は嬉《うれ》しそうに笑った。

「うん。綺麗《きれい》な名前。私は詩月。それでいいよね？」

本当に嬉しそうな少女を見ていると何やら強引《ごういん》に却下《きゃっか》するのも悪い様な気がしてくる。

「……好きにしてくれ」

溜《た》め息《いきま》混じりの声で言う優樹。

少女は「うん。好きにするね」と頷いてから――ふと思いついた様な表情で尋《たず》ねてきた。

「君は？」

「――え？」

「君の名前」

「ああ……」

そこでようやく優樹は自分がこの少女に名乗ってもいない事を思い出した。まあ今までは優樹とその少女の二人きりだったので、殊更《ことさら》に名前を呼ぶ必要も無かった訳だが。

「優樹。長居優樹」

「ゆうき――ね。字は？」

「……………やさし……いや」

優樹は自嘲気味《じちょうぎみ》に首を振った。

「『優柔不断《ゆうじゅうふだん》』の優に、『樹木』の樹で優樹、だよ」

「分かった。優樹――だね」

少女は――詩月はそう言って微笑《ほほえ》んだ。

◇　◇　◇

『優君は名前通りに優《やさ》しいね』

随分昔《ずいぶんむかし》の事だが――そんな風に言われた事が在《あ》る。

当時は彼女の言う意味がよく分《わ》からなかった。

優樹にとって『優しい』の形容詞《けいようし》に相応《ふさわ》しいのは彼女であって、他の誰《だれ》でもなく――ましてや自分自身ではなかったからだ。その彼女から『優しい』と言われるなどとは思ってもみなかった。

確かに彼は他人には気を遣《つか》う方だ。

子供の頃《ころ》から彼は人付き合いに関しては殆《ほとん》ど問題を起こした記憶《きおく》が無い。喧嘩《けんか》に巻《ま》き込まれる事は在っても、自分から仕掛《しか》けたりする事はまず無かった。彼は少なくとも自分の都合《つごう》や感情を他人に押《お》し付けたりはしない。可能な限り相手の気持ちを汲《く》んでそれを尊重《そんちょう》する。基本的には相手が誰であろうとこれは変わらない。

だがこれは優樹にとっては『優しい』事には該当《がいとう》しなかった。

単に彼は自分がされたら嫌《いや》な事は他人にしない様に心掛けているだけで――それも祖母《そぼ》の教育の賜物《たまもの》に過ぎない。逆に言えばそれ以上の事をしている意識が無い。『自分がされたら嫌な事は他人にもしない』のはつまり自己愛《じこあい》の裏返しであって、他人に対する思い遣《や》りの類《たぐい》ではない――彼は漠然《ばくぜん》とそんな風に考えていた。自分に負担《ふたん》を強《し》いてまで他人を気遣っているつもりは無かったし、逆に言えばそんな無償《むしょう》の気遣いが出来る者を指して『優しい』と言うのだと思っていたのだ。

しかし――

『だから優君は優しいんだよ』

それを言うと彼女はやはり微笑《ほほえ》んで言った。

『優君の優しさには形が無いから』

優樹は彼女の言う意味がよく分からなかった。

『優しさに形が無い』とはどういう事だろうか。形が在れば優しいという事にはならないのだろうか。彼は首を傾《かし》げてその意味を尋《たず》ねたが彼女はただ優しげに笑うだけで答えようとはしなかった。

しかし優樹はそれでも満足だった。

意味は分からなかったが罵《ば》詈《り》雑言《ぞうごん》に『優しい』という言葉は使うまい。彼女は優樹を褒《ほ》めているのだ。誰にであれ褒められて悪い気はしない。それが彼女であるのならばそれを誇《ほこ》りに思う事さえ出来た。

だから優樹は自分の名前が好きだった。

少なくとも名前に恥《は》じない自分で居たいと思った。もっとも――具《ぐ》体的《たいてき》に何をどうして良いのかはよく分からなかったので、積極的《せっきょくてき》に何をした訳でもない。しかし誰かを傷付けたり誰かに無理を強いたりする様な事はしないでおこうと常に意識していた。どうしても積極性に欠《か》ける言動《げんどう》が増えはしたが、優樹自身は別に構《かま》わないと思っていた。

しかし……

◇　◇　◇

とりあえず優樹は職員室を探《さが》した。

此処《ここ》が何処《どこ》であれ——まずは事情を知っている人間を捜《さが》すのが先だと思ったからだ。言うまでもなく詩月は論外《ろんがい》。この際、悪意の在る無しは関係ない。妄想電波少女《もうそうでんぱしょうじょ》に事情を聞いてもひたすらこんがらがるだけだからである。

職員室を探して歩いていると……結果としてこの校舎の大体の構造《こうぞう》は分かった。

上から見れば大体下を向いた『コ』の字型になっていて、通常の教室が在るのが中心部、折れ曲がって右側の部分には音楽室や生物室といった特別教室が、左側の部分には職員室や食堂、保健室、用務員室その他の部屋が収まっているという塩梅《あんばい》だ。つまり『通常の授業を行う教室』群、『特殊《とくしゅ》な機材や施設《しせつ》を必要とする特別教室』群、そして『前記以外の部屋』群がそれぞれの部分に分けられているのである。

「………」

『職員室』と書かれた札の在る部屋は二階の奥《おく》に在った。

特に鍵《かぎ》もかかっておらず、優樹は軽くノックしてから部屋の中に入る。

だが――

「やっぱり無人……か」

呟《つぶや》いて溜《た》め息《いき》をつく。

職員室には誰も居なかった。机は在る。棚《たな》も在る。各教室の鍵束《かぎたば》を吊《つる》したプレートや、印刷機らしい装置《そうち》も置いてある。優樹の目から見ても、古臭《ふるくさ》いながら職員室としての設備《せつび》は一通り揃《そろ》っている様に見える。

だがその中で教師の姿《すがた》だけが無い。

「何を探してるの？」

とことこと後ろからついてきた詩月が尋《たず》ねる。

「教師でも居るかなと思って」

「居ないよ」

とあっさり断《だん》じる詩月。

「そりゃ見れば分かるけど」

「今此処に居る人間は優樹だけだよ」

「…………」

振《ふ》り返って詩月を眺《なが》める。

「どうしてそんな事が分かるの？」

「だって私は此《こ》の学園だから」

「……はいはい」

言って優樹は溜め息をついた。

「後は……誰か居そうなのは用務員室かな。さすがに用務員さんは居るかもしれないし」

「居ないってば」

これまたあっさりと断じる詩月。

「だって此処は――」

「行ってみないと分からないでしょ」

詩月の言葉を最後まで聞かずに優樹は歩き出した。

「ねえねえ」

飽《あ》きる様子も気を悪くする様子も無く、優樹の三歩程《ほど》後ろを歩きながら詩月が声を掛《か》けてくる。無視できれば楽なのだろうが、やはり優樹は性格的にそういう事が出来ない。精《せい》一杯《いっぱい》の抵抗《ていこう》として不機嫌《ふきげん》そうな口調を取り繕《つくろ》い、優樹は素《そ》っ気《け》なく言った。

「なに？」

「優樹はどうしてそんな事してるの？」

「いや……どうしてって」

あまりに根本的《こんぽんてき》な問い掛けについ言葉を失《うしな》う優樹。

こんな事に説明を求められるとは思ってもみなかったが——

「此処が何処で、どうやったら帰れるかを知る為《ため》だよ」

言ってから——心の何処かに違和感《いわかん》が残った。

『此処ではない何処か』

彼はそう望んでいたのではなかっただろうか。

気の重くなる日常から逃《に》げ出す事を望んでいたのではなかったか。だとしたらこれはむしろ望んだ結果ではないか。わざわざ帰ろうとする必要が何処に在る？

（……疲《つか》れてるのかな）

ひどく陰気《いんき》な思考《しこう》をしている自分に驚《おどろ》く。

自分の中の『当たり前』に亀裂《きれつ》が入っている様な気がした。そのまま何か自分を支《ささ》えているものを踏《ふ》み抜《ぬ》いてしまいそうな——そんな感じ。それにある種の恐怖感《きょうふかん》を覚えて優樹は常識的な思考《しこう》を反芻《はんすう》する。

何処かも分からない変な場所に来た。だから帰りたい。当たり前だ。

ごく当たり前の——

「優樹……帰るの？　帰りたいの？」

詩月は少し意外そうな表情を浮《う》かべてそんな事を言う。

「そりゃ帰るよ。ちゃんと家も在るし元々行ってた学校も別に在るし」

登校拒否気味《とうこうきょひぎみ》だった人間の言う台詞《せりふ》ではないかもしれないが。

「…………」

詩月はしばし何事か考えていたが——

「そっか……そうだね。普通《ふつう》はそうかもね……」

と呟《つぶや》いた。

「……はい？」

呟きの意味が分からず立ち止まって詩月を振り返る。

だが詩月はそれ以上何を言うでもなく、何やら首を捻《ひね》りつつ優樹の側《そば》を通り過ぎ、すたすたと歩いていく。

「……なんなんだ？」

優樹は首を傾《かし》げて呟き——そして詩月の後を追う。

一階の用務員室には五分と掛からずに着いた。

ふと見ると『食堂』と書かれた板の付いた出入口がすぐ側に見える。隣《となり》はどうやら学生食堂になっているらしい。

用務員室の扉《とびら》を開く。

やはりそこは無人だった。

畳《たたみ》が在り掃除用具入《そうじようぐい》れが在りテレビまで在り――絵に描《か》いた様に典型的《てんけいてき》な用務員室の佇《たたず》まいでありながら、やはり人の姿だけが無い。

「……駄目《だめ》か」

優樹は扉を閉めて隣の食堂をのぞく。

やはり其処《そこ》も無人だった。厨房《ちゅうぼう》まで入ってみたが全《まった》く人の姿は見えない。それどころか厨房の調理器は、明らかに一度も使われた事の無い新品だった。

「どうなってるんだ……？」

「だから優樹の他《ほか》には人間は居ないよ」

と詩月が言って寄越《よこ》す。

詩月にしてみれば何度も繰《く》り返した何気《なにげ》ない一言であろうが――

「…………」

じわりと恐怖の様な感情が優樹の中に頭を持ち上げる。

今までは詩月が側に居《い》て珍妙《ちんみょう》な事を言っているので、あまり気にならなかったが……この広い校舎の中に自分と詩月しか居ないという事実は、あまりに不気味《ぶきみ》だった。

そもそも学校という場所は元々人の姿で溢《あふ》れているものだ。

人がいて当たり前の情景とも言える。

だからこそ無人の学校は妙に寂《さび》しいというかうそ寒い感じがする。学校が怪談話《かいだんばなし》の舞台《ぶたい》によくなるのはこの為だろう。こうした場所は——学校に限らず、市場や会社なども同じだ——ただ人がいないだけで恐《おそ》ろしく不気味に見えてしまうのだ。

別段優樹は恐《こわ》がりという訳でもないのだが、殊更《ことさら》に勇敢《ゆうかん》という訳でもない。

そして幽霊《ゆうれい》だの妖怪《ようかい》だのとオカルティックな方面に関しては『信じてはいないが否定もしない』という立場だ。だからいかにも『出そう』な場所を歩いていると何やら重苦《おもくる》しい不安が頭をもたげてくる。

しかも側に居るのは頼《たよ》りにならないどころか虚言癖《きょげんへき》の在《あ》る少女が一人。

これでは恐怖を覚えない方がおかしい。

そんな事を思いながら廊下に出る優樹。

そこで——

「――え？」

優樹は想わず声を漏《も》らしていた。

廊下に人影《ひとかげ》が見えた。

先程まで無人《むじん》だった筈の空間に数人の少女達の姿が在ったのだ。

恐らくはこの学園の生徒なのだろう。全員が詩月と同じセーラー服を着ている。少女達は何かお喋《しゃべ》りをしながら丁度《ちょうど》廊下の角を曲がって来た処《ところ》の様だった。

「な……なんだ」

思わず安堵《あんど》の表情を浮かべながら呟く優樹。

「何が此処《ここ》に居《い》る人間は僕だけ――だよ」

そもそも、そう言っている詩月自身も此処に居る訳で。

「嘘《うそ》は言ってないよ」

と少し拗《す》ねた様な口調《くちょう》で詩月が言う。

だが優樹は既《すで》に彼女の言葉など聞いてはいなかった。

先程まで感じていた不安の裏返しで、妙に積極的《せっきょくてき》な気分になっている。優樹は足早に少女達に向けて歩き出した。

だがこの時――優樹は安堵《あんど》のあまりに考え方が少し緩《ゆる》んでいた。

よくよく考えれば何かおかしいと気付いた筈《はず》だ。

そもそも用務員室にも職員室にも一人も大人がいないこの校舎の中で——女生徒が何をしているのか。たとえ創立《そうりつ》記念日や夏休みで授業が休みであったとしても、学校が開放されている以上は用務員位は居るだろう。責任問題の観点《かんてん》からすれば、生徒しか居ない学校など有り得ないのだ——普通は。

「あの……すいません」

優樹は四人の少女に向けて声を掛《か》ける。

少女達はそれでこちらに気付いたらしく歩みを止めて優樹の方に眼《め》を向けてきた。

(……ん？)

少女達は互《たが》いによく似ていた。

人間の印象というものは着ているものにも左右されるから、制服を着ている以上はどうしても似てくる部分が在るのは確かだ。

だがそれを踏《ふ》まえた上でも少女達の姿はよく似通っていた。髪型《かみがた》や表情といった細かい部分では幾《いく》つも差異《さい》が見受けられるのだが、基本的な顔立ちや体型には一見してもそれと分かる共通性が在る。

ひょっとしたら姉妹《しまい》なのかもしれない。あるいは四つ子とか。何にしても四人ともなかなか美人だったりするので、揃《そろ》って歩いている様はとても華《はな》やかな感じがする。

「あ——君、新入り？」

少女達の一人が表情を輝《かがや》かせてそう尋《たず》ねてくる。

「え？　あ……いや僕は」

「新入り？　新入りなんだよね？」

少女達はぱたぱたと駆《か》け寄ってきて優樹を取り囲んだ。

『新入り』——その言葉に引っ掛かる優樹であったが、少女達は彼にゆっくりと考える暇《ひま》を与《あた》えてはくれなかった。少女達はしげしげと優樹を頭のてっぺんからつま先まで眺《なが》めて妙に感心している。

「うわあ。男の子だあ」

「ねえねえ名前は？」

「歳《とし》は幾《いく》つ？　幾つ？」

「ねえ君、彼女とか居る？」

口々にそんな事を尋ねてくる少女達。

そんなに男子が珍《めずら》しいのだろうか。

そういえば詩月も何やら最初に出会った時は、珍しいものでも触《さわ》る様な反応を優樹に対して示《しめ》していた。ひょっとしたら——此処は全寮制《ぜんりょうせい》の女子校か何かで、優樹は何かの偶然《ぐうぜん》からそこに紛《まぎ》れ込《こ》んでしまったのかもしれない。それだったら怒《おこ》られる前にさっさと出ていかなければ。

いやしかし。

では『新入り』とはどういう意味なのか。

そんな事を優樹が考えていると——

「生きてる人間の男の子って初めてだね」

と少女の一人が言った。

(『生きてる人間の男の子』……?)

更《さら》に引っ掛かる言葉。

だがやはり少女達は優樹を取り囲んだまま、彼に思考《しこう》する暇を与えない程《ほど》の勢いで喋《しゃべ》っている。『女』という漢字を三つ書いて『姦しい』《かしま》と読むが——まさしくそんな感じ。雛《ひな》鳥《どり》がぴーちくぱーちくと巣の中で囀《さえず》っている様で、端《はた》から見ていれば微笑《ほほえ》ましい光景に思えたかも知れない。

「生の男の子よナマ」

「秋菜《あきな》なんかその言い方、御下劣《おげれつ》」

「ええ？　そっかなあ」

「ねえねえ君、来たばっかり？」

「だったら私が案内してあげるよ？」

「あ——春香《はるか》抜《ぬ》け駆《が》け！」

「へへん——早い者勝ちですのよ？」

少女の一人がそう言いながら、優樹の腕《うで》を取る。

優樹も少女達も半袖《はんそで》だ。当然ながら少女の肌《はだ》の柔《やわ》らかさや暖《あたた》かさを、直接腕に感じる事になる。思ってもみなかったスキンシップにちょっとどぎまぎしてしまう優樹。これはまあ年頃《としごろ》の少年なので仕方が無い。

だが——

「——あれ」

優樹の腕に絡《から》んだ少女の腕の感触《かんしょく》。

それが不意に——変化する。

何気《なにげ》なくそちらを見て……

「…………!?」

優樹の意識は真っ白になった。

とれている。外《はず》れている。分離《ぶんり》している。

腕が。

根本《ねもと》から。

「なッ………あッ………!?」

まるで人形の様に外れた少女の腕がぷらんと優樹の腕に引っ掛かって揺《ゆ》れていたりする。

いや……人形の様ならば未《ま》だいい。生理的恐怖《きょうふ》はそんなに無い。

だがその取れた腕の分離面が、生々《なまなま》しい骨とか肉とか血管とかを覗《のぞ》かせていたりすると

もう駄目《だめ》である。血こそ滴《したた》っていないが、その生々しさは生理的嫌悪《けんお》感《かん》を直撃《ちょくげき》する。バラ

バラ殺人現場の遺体《いたい》――いやその部分品にしか見えない。

腕の取れた少女は一瞬《いっしゅん》きょとんとした表情で立ち尽《つ》くし――

「やだ。とれちゃった」

少女はまるで落とした鞄《かばん》でも拾《ひろ》うかの様な気軽な動作で、残った方の腕を伸《の》ばし、優樹の肘《ひじ》に引っ掛かってぷらぷら揺れていた腕を――優樹は硬直《こうちょく》したままだった――摑《つか》む。次いで彼女はまるで接着剤不要《せっちゃくざいふよう》のプラモデルでも組み立てるかの様な安易《あんい》さでそれを夏服の袖口に差し込み、自分の肩《かた》に押《お》しつけた。

そのままで約三秒。

何がどう繋《つな》がったのか——数秒前まで完全に肩から物理的に分かれていた腕は、本体との接続を確かめるかの様に拳《こぶし》を握《にぎ》ったり開いたりした。

「気が抜けると外《はず》れちゃうのよね」

あはは——と明るく笑う少女。

だが優樹にしてみれば笑い事ではない。

「い……いや……あの……」

「私なんか未《ま》だマシ未だマシ。夏輝《なつき》なんかさあ、後頭部《こうとうぶ》叩《たた》くと目玉が落ちちゃうんだよ、神経繊維《しんけいせんい》の糸びろーんとか引いたりして。びっくり玩具《おもちゃ》かってーの」

「あっ⁉ 春香、何暴露《バラ》してんだよ⁉ あんたなんて合体ロボみたく手足に加えて胴体《どうたい》分離の大技《おおわざ》持ってる癖《くせ》に⁉」

「秋菜、また腸《ちょう》出てるよ」

「長いから一旦《いったん》出ちゃうと元に戻《もど》すの大変なのよこれ——って踏《ふ》まないでよ⁉」

「へへーん。冬美なんて首取れちゃうんだぜ。ほらこんな感じ」

「ああっ夏ちゃん返して——じゃなくて戻してよう」

「ごめん——ちょっと待っててねえ」

ひょっとして最後の台詞《せりふ》は優樹に向けたものなのであろうか。

きゃあきゃあと言いながら、子猫《こねこ》がじゃれあう様な感じで互《たが》いを引っ張ったり叩いたりしている少女達。

彼女等《ら》の言葉から察《さっ》するに、どうも久し振《ぶ》りの男の子——優樹の事である——を前にして舞《ま》い上がっているらしかった。その点に関してはいわゆる青春の一ページというか、異性が気になるお年頃というか、まあとにかく年頃の女の子達らしい反応ではある。少なくとも優樹の常識と理解の範囲《はんい》内だ。

ただし——

彼女等が何かする度《たび》に、腕は転《ころ》がるわ脚《あし》は飛ぶわ目玉は垂《た》れ下がるわ腸は絡《から》まるわでえらい事になるのは、どう考えても青春とかそういう世界とはちょっと……というか激しく違《ちが》うよーな気がした。ダリもサム・ライミも真っ青だ。だが少女達にとっては別に当たり前の情景なのか——彼女等はけらけらと屈託《くったく》無く笑いながら、ばらけたり繋がったり散らばったりまとまったりしている。

「…………」

既《すで》に優樹は悲鳴《ひめい》すら出ない。

というか訳が分からない。

多分ここは怖《こわ》いと感じるのが正しい筈《はず》なのだろうし、実際に気絶《きぜつ》しそうな位に恐《おそ》ろしいのだが——明らかに場違いな、朗《ほが》らかとも言うべき少女達のやりとりが正常な感情の動きを阻害《そがい》して、優樹の頭の中をぐるぐると掻《か》き回す。

学校の廊下《ろうか》の真ん中で快活《かいかつ》にスプラッタ・シーンを繰《く》り広げるセーラー服の少女達。

これを前にして自分はどういう反応をすれば良いのだろうか。

叫《さけ》べば良いのか。泣けば良いのか。あるいは笑えば良いのか。既《すで》に自分がどんな感情なのかも優樹は分からない。ただ悲鳴をあげ掛《か》けた状態でかくんと顎《あご》を開いたまま、彼はその場に固着《こちゃく》していた。

そんな彼に詩月が寄ってきて言う。

「嘘《うそ》は言ってないよ」

ほれみろ……と言わんばかりの口調で彼女は繰り返した。

「この校舎に居る人間は優樹だけだよ」

人間は優樹しか居ない。

それはつまり——『生きた人間は優樹しか居ない』という事ではないだろうか。この少女達が数に入っていないのはもう厳密《げんみつ》な意味では『人間』ではないからだろう。人間であったのかもしれないが既《すで》に彼女等にはもっと現状を示すに適切《てきせつ》な言葉が在る。

『幽霊《ゆうれい》』——と。

「私も春ちゃん達も幽霊だから」

不吉《ふきつ》な想像をあっさりと肯定《こうてい》する詩月。

「…………ううっ……」

通学路で奇妙《きみよう》な幻像《げんぞう》を見て気を失《うしな》って。気が付けば奇妙な木造校舎の中に居て。電波な事ばかり言う少女がついてきて。周《まわ》りは白い荒野《こうや》で帰る方法が分からなくて。

でもって出会った相手は全員……幽霊で。

もう何が何だか。

「――優樹？　どうしたの？」

凍《こお》り付いたままの優樹の顔を不思議そうに覗《のぞ》き込んで詩月が尋《たず》ねる。

ぎりぎりと意志力を振《ふ》り絞《しぼ》って優樹は詩月を振り返り――

「なんなんだこれは…………？」

ようやくそれだけを言った。

第弐章　幽霊学園

『……ごめん……』

何処《どこ》かで誰《だれ》かが泣いている。

ひどく遠くで誰かが泣きじゃくっている。分かるのはただそれだけ。詳細《しょうさい》は忘却色《ぼうきゃくいろ》の闇《やみ》に閉《と》ざされて見えない。見たければ眼《め》を擦《こす》るでも瞬《まばた》くでもなく——何よりも先《ま》ず自ら思い、出す必要が在《あ》った。

当然だ——これは夢なのだから。

やがて意識の焦点《しょうてん》が合って、ゆっくりと情景を浮《う》かび上がらせる。

『ごめん……ごめんな……』

何処かの家の応接間。さして広くもないその部屋の片隅《かたすみ》で、幼い子供が黒くて角張《かくば》った何かにすがって嗚咽《おえつ》を繰《く》り返していた。子供の側《そば》には灰色《はいいろ》の作業服を着た大人三人が困惑《こんわく》の表情を浮かべて立ち尽《つ》くしている。

『……ごめんな……』

何処かで見た様な光景。

否《いな》。見たのではない。見た筈《はず》がない。

自分の顔を自分で直接見る事が出来ないのと同じく、自らの体験を他人の様に傍観《ぼうかん》する事は出来ない。

これは過去の記憶《きおく》だった。正確に言えば記憶を基《もと》に適当に再現された過去の情景だった。現実にそんな情景だったのかどうかは分からない。記憶の断片《だんぺん》を繋《つな》ぎ合わせ、足りない所は無意識の内に補《おぎな》って、その結果としてできあがった昔日《せきじつ》の――昔日の出来事を真似《まね》た幻《げん》影《えい》に過ぎない。歴史小説や過去の出来事の再現フィルムと同じだ。

遥《はる》かな高みから全《すべ》てを見下《みお》ろしながらひどく冷静《れいせい》にそう考えている自分が居る。

その一方で――

『僕《ぼく》が……もっと一生懸命《いっしょうけんめい》練習してたら……もっと……』

泣きじゃくる子供――あれも自分だ。自分だと分かる。

正確に言えば記憶の中の自分だ。

恐《おそ》らくは五歳《さい》位の頃《ころ》の――『長居《ながい》優樹《ゆうき》』。

未《ま》だ小学生の優樹は……部屋の片隅《かたすみ》に置かれた黒くて四角いものに寄り掛《か》かる様にして

泣いていた。その姿には見栄《みえ》も体裁《ていさい》も無く純然《じゅんぜん》たる悲しみと——無力感《むりょくかん》が漂《ただよ》っていた。まるで親しい誰かを納《おさ》めた棺桶《かんおけ》に縋《すが》り付くかの如《ごと》く。

優樹が縋っていたのはピアノである。

正確に言えばアップライト型と呼ばれる小型のピアノだ。

ピアノというと先ず流麗《りゅうれい》な曲線の目立つグランドピアノを想像する者も多かろうが……住宅事情の厳《きび》しい日本では家庭用ピアノといえば、このアップライト型が圧倒的主流《あっとうてきしゅりゅう》である。アップライト型は大きめのタンス程度の面積さえ在ればとりあえず置く事が出来るし、小さいながらもピアノとしての機能は一通り揃《そろ》っているからだ。ちなみに小型といえば電子ピアノも選択肢《せんたくし》に入るが——高級機はともかく安物となるとピアノの鍵盤《けんばん》を叩《たた》く際の感触《かんしょく》を再現しきれず、未《いま》だに本物志向というか電子ピアノを『偽物《にせもの》』として嫌《きら》うアコースティック信奉者《しんぽうしゃ》も多い。

『……ごめん……本当にごめんな……』

しゃくり上げながら優樹はピアノに謝《あやま》り続けていた。

傍《かたわ》らの作業員達は顔を見合わせて溜《た》め息《いき》をつく。

そこに——何事かと怪訝《けげん》そうな表情を浮かべた優樹の両親や祖母の姿が加わった。

彼等は優樹を宥《なだ》めようと色々と話しかけるのだが、優樹はただただ泣くばかりでピアノから離《はな》れようとせず——
…………

◇　◇　◇

窓辺から差し込む光が容赦《ようしゃ》なく顔を照らしてくる。

微睡《まどろ》みながらも優樹は布団《ふとん》を引き上げて顔を隠《かく》した。覚醒《かくせい》と睡眠《すいみん》の狭間《はざま》にたゆたう憂鬱《ゆううつ》とは無縁《むえん》の時間。夢でも現《うつつ》でもない曖昧《あいまい》な領域《りょういき》。それはささやかだが他では得難《えがた》い幸福である。特に——否応《いやおう》もなくあまり好ましくない現実に晒《さら》されている者にとっては。

「…………む……う……」

直撃《ちょくげき》を受けないだけでも随分《ずいぶん》と違《ちが》うが——まだ充分《じゅうぶん》ではない。優樹は更《さら》に布団の中で寝《ね》返《がえ》りを打った。これで布団を透過《とうか》してきた無遠慮《ぶえんりょ》な光も後頭部《こうとうぶ》を照らすしかない。

完璧《かんぺき》だ。

再び訪《おとず》れた仮初《かりそ》めの薄闇《うすやみ》に彼は満足し——

「——優樹」

耳元で鈴《すず》の様な声が言った。

「朝よ——起きて。朝だってば」

「…………」

優樹は動かない。

「優樹。ねえ。優樹。優樹ってば。ねえねえ」

「…………」

執拗《しつよう》に鼓膜《こまく》を叩く声に優樹は不機嫌《ふきげん》な唸《うな》り声を上げる。

だが声の主《ぬし》は全く臆《おく》する様子も無く呼び掛けを続けている。それどころかゆさゆさと彼の身体《からだ》を布団ごと揺《ゆ》さぶったりもする。

優樹は曖昧に溶《と》けたままの意識で仕方なく瞼《まぶた》を開き――

「おはよう――優樹」

ぼんやりと……息が触《ふ》れる程《ほど》の近くに在る少女の顔を眺《なが》めた。

そのまま一秒経過《けいか》。二秒経過。三秒経過。

少女が不思議そうに瞬《まばた》きする。

でもって――

「――うわあっ!?」

「あ。意外と鈍《にぶ》い」

唐突《とうとつ》に状況《じょうきょう》を理解して悲鳴《ひめい》じみた声を上げる優樹を――彼の側にしゃがみ込んだまま詩《し》

月《づき》は面白《おもしろ》そうに眺《なが》めている。

「なんだなんだなんだ⁉」

「おはよう――優樹」

詩月がにこっり笑って言ってくる。

屈託《くったく》の無い笑顔《えがお》である。可愛《かわい》らしいと言っても良いだろう。彼女が小さく首を傾《かし》げると、白いリボンと、そして癖《くせ》の無い長い黒髪《くろかみ》が揺れて……朝日が艶《つや》やかな漆黒《しっこく》の上を煌《きら》めきながら滑《すべ》っていく。

今時の、色々と着飾《きかざ》ってコスメだ何だと化粧《けしょう》も大人顔負けにこなす少女達と比べれば少し地味《じみ》な感じもするが、それでも『美少女』と評しても異論を差し挟《はさ》む人間はまず居ないだろう――上に『とびきりの』という修飾語《しゅうしょくご》を付けたとしても。

彼女の容姿《ようし》には素朴《そぼく》な愛らしさが在る。それは爽《さわ》やかな陽《ひ》の光の下ではよりはっきりくっきりと強調されていた。

とはいえ――

「……どうしたの？」

「素朴な疑問なんだけどさ」

優樹は視線を逸《そ》らしながら言った。

詩月は何というか——優樹が見る限り、かなり無邪気《むじゃき》というか無防備《むぼうび》な性格なので、自分が今、優樹との関係においてどういう体勢《たいせい》かという事に気付いていないらしかった。ぶっちゃけて言えば優樹がちょっと視線を下に向けると、しゃがんでいる彼女のスカートの中身も見えそうな感じなのだが、本人は全然気にする様子が無い。

「なになに？」

何故《なぜ》か身を乗り出して嬉《うれ》しそうに尋《たず》ねてくる詩月。

「詩月は自分の事——幽霊《ゆうれい》って言ってなかった？」

「うん。幽霊だよ」

と詩月。

確か自分の事を『学園』だとも言っていた様な気がするが——とりあえず、完璧《かんぺき》に意味不明なそちらへの突《つ》っ込みは後回し。

「幽霊って朝に出てきても大丈夫《だいじょうぶ》なの？」

「うん？」

詩月は首を傾げて言った。

「変かな？」

「変というか……幽霊って夜に出てくるって相場《そうば》が決まってるような」

「うーん。そっかあ」

詩月は——何故か嬉しそうに頷《うなず》いている。

その様子はやはりどこからどう見ても普通《ふつう》の女の子にしか見えない。快活《かいかつ》な上に無邪気だから余計《よけい》に幽霊の印象からはずれる。少なくとも幽霊と言われて思い浮《う》かぶ幾《いく》つかの要素をものの見事に彼女は裏切っていた。

白装束《しろしょうぞく》を着せて、頭から水でも被《かぶ》らせて、髪の毛一本口の端《はし》にくわえさせて、とどめに柳《やなぎ》の下にでも立たせて——そこまでやっても、いいとこ『学園祭のお化け屋敷《やしき》の幽霊役担《やくたん》当《とう》の女生徒』くらいにしか見えまい。

「何だか知らないけど、嬉しそうだね」

そう指摘《してき》してやると詩月は素直《すなお》に頷いた。

「うん。嬉しいよ。優樹が来てくれて嬉しい」

「……そ……そう？」

こうもあけすけに言われるとさすがの優樹も照れる。

「随分《ずいぶん》と勉強になるしね」

詩月は微笑《ほほえ》みながら言った。

「どういう意味？」

「ほら。やっぱり知ってるって事と実際にやれるって事は違うでしょ。『理論と実践《じっせん》は違う』――だっけ？　だから現役《げんえき》で人間やってる優樹の意見はとっても貴重なんだよ？」

「……はあ」

曖昧《あいまい》に優樹は笑った。

今この鈴乃《すずの》宮学園《みやがくえん》に居る『人間』は優樹だけなのだそうだ。この場合の『人間』というのは生きて活動しているホモ・サピエンスを指すらしく幽霊は含《ふく》まれない。詩月に言わせると他《ほか》にも何人か『人間みたいなの』は居るらしいのだが、優樹以外は幽霊やら何やら文字通りの『人外《じんがい》』で……厳密《げんみつ》な意味での人間とは言えないんだとか。

普段《ふだん》の優樹ならばそんな馬鹿《ばか》話を易々《やすやす》と信じたりはしないし、実を言えば未《ま》だ心の何処《どこ》かでは疑《うたが》っている部分も在《あ》るのだが、実際に手だの首だのがぽんぽん外《はず》れる様な少女達と出会った後ではそれなりに納得《なっとく》せざるを得ない。

とはいえ――

「まあ此処《ここ》でも昼夜《ちゅうや》は見せかけだけのものみたいだから」

と詩月は言った。

「……そうなんだ」

「うん。生活するのに不便《ふべん》だから一応朝昼晩の区別はつけてるの」

　幽霊が人間と同じ様に『生活』するのだろうか……と素朴《そぼく》な疑問が頭を過《よ》ぎったがもう突っ込むのも面倒《めんどう》くさくなって優樹は黙《だま》っていた。これでもし『健康のためには規則正しい生活が必要なのよ』とか言われたりなんかしたら最早《もはや》、どう突っ込んで良いのかも分からない。

「あ――そうだ。朝御飯《あさごはん》出来たよって呼びに来たんだった。他の皆《みんな》もう起きてきてると思うよ。一階の食堂。寮《りょう》の方ね。間違《まちが》って学食の方に行かない様にね」

「はあ――」

「ほらほら早く着替《きが》えて」

　と詩月は腕《うで》を引っ張る。

　確かにそこには生身《なまみ》の感触《かんしょく》と肌《はだ》の温《ぬく》もりが感じられた。やはり彼女が幽霊なのだと言われても優樹には今一つ実感が湧《わ》かない。まあ今時、幽霊と言われて脚《あし》が無い姿を想像する事も無いが。

「ほら。早く――」

「あっ。こら――」

　優樹は詩月の手を振《ふ》り解《ほど》こうとするが、彼女は身体《からだ》全体で引っ張る。

　引きずられる様にして立ち上がった優樹は――

「…………」

「——？」

優樹の様子が妙《みょう》な事に気付いて眼《め》を瞬《まばた》かせる詩月。

彼女は先《ま》ず真っ赤になった優樹の顔を見て——そして何気なく視線を下に下げた。

「あ。優樹ったらオゲレツだ」

にぱっと笑う詩月。

ちなみに今優樹が着ているのは部屋に備《そな》え付けてあった浴衣《ゆかた》である。一応きちんと帯も巻いて寝《ね》た優樹であるが、寝返りを打ったりとかしている内に帯が緩《ゆる》んで浴衣の前がはだけちゃったりとかもしている訳で、今の優樹の姿は事実上パンツ一丁と変わらない。

んでもってまあ健康優良な男子の場合、朝は——まあ何というか、やたらと元気《げんき》溌剌《はつらつ》な部分があったりなんかする訳で。

「しょうがないだろう、好きでやってるんじゃないんだから！　単なる生理現象だよ生理現象!!——っていうか普通《ふつう》はそこで『きゃあ』とか言うんじゃないの!?」

引っ張り上げた布団《ふとん》で前を隠《かく》しながら優樹は喚《わめ》いた。

「そうなの？」

「そうなの！」

「うんうん。勉強になるよ」

またもや詩月は腕を組んで頷《うなず》いている。

「とにかくすぐ行くから、行くから先に行ってて！」

「うん。分かった」

詩月は頷くと意外にあっさりと出て行ってくれた。

扉《とびら》を閉《し》めて改めて鍵《かぎ》を掛《か》けてから──優樹は溜《た》め息《いき》をついた。

そういえば昨日も寝る前に鍵を掛けておいた筈《はず》なのだが、どうやって詩月は開けて入ってきたのやら。やはり幽霊《ゆうれい》だから壁抜《かべぬ》けとかも出来るのだろうか。その割には部屋の出入りにはわざわざ扉を開けている様だが。

「……やっぱり夢じゃなかったんだな」

肩《かた》の力を落としながら優樹は呟《つぶや》いて……部屋の中を見回した。

そこはごくごく普通の──やや古臭《ふるくさ》い造《つく》りである事を除《のぞ》けば──部屋の風景だった。

広さは六畳程。壁には箪笥《たんす》が在り、床《ゆか》には文字通り六枚の畳《たたみ》が敷《し》かれその上には優樹が今まで寝ていた布団が敷かれている。印象として一番近いのは何処かの安下宿であろうか。

もっとも最近はそういった雰囲気《ふんいき》の建物も軒並《のきな》みワンルームマンションと交代しつつあって実際に見る事はあまり無いのだが。

此処は鈴乃宮学園に付属する学生寮《りょう》の一室だった。

昨日、立て続けに起こった訳の分からない出来事やら何やらに混乱しきって疲《つか》れ果《は》てた優樹は、仕方なくあてがわれたこの学生寮の一室を借りて眠《ねむ》る事になったのである。無論、気は進まなかったが、教室だの職員室だので眠る訳にはいかないし、ただ無意味に白い平面が広がるだけの校外なんぞは論外である。

正直、幽霊（自称《じしょう》その一）だの学園（自称その二）だのを名乗る少女や、生乾《なまがわ》きのプラモデルみたいにちょっと引っ張っただけで身体《からだ》がバラけるスプラッタ少女達がうろうろしている様な場所の片隅《かたすみ》で眠れるのかとも思ったが……やはり疲労《ひろう》の蓄積《ちくせき》した精神と肉体は切実《せつじつ》に休息を要求していたらしい。優樹は布団に入るとそのまま気絶《きぜつ》するかの様にあっさりと眠ってしまった。

でもって——今朝《けさ》に至《いた》る訳だが。

「……なんだかなあ……」

此処が異常な場所なのは間違いが無い。

特に昨日の少女達——春香《はるか》に夏輝《なつき》に秋菜《あきな》に冬美《ふゆみ》というらしい——が生きた人間でないというのも納得《なっとく》せざるを得ない。それこそ手を伸《の》ばせば触《ふ》れられる様な距離《きょり》で首だの腕だのが外《はず》れたり眼球《がんきゅう》だの内臓《ないぞう》だのをぶら下げられては、信じざるを得ないではないか。

あれはどう見ても手品とか錯覚《さっかく》の類《たぐい》ではなかった。それは分かる。

何しろなかなか『本物』だと信じない優樹に、少女達は自分達の『部品』を無理矢理触《さわ》らせたりもしたからだ。医者でもないのにどっくんどっくん動いている腸《ちょう》やら心臓やらを直《じか》に触るという、貴重というかトラウマになりかねない様な体験をして、優樹の疲労は一気に倍増《ばいぞう》した。

それはともかく――

「でもなあ……」

幽霊が朝御飯を誘《さそ》いに来るというのはいかがなものか。

しかし違和感《いわかん》とは関係なく腹部に何だか切ない感覚がわだかまる。そんでもって駄目押《だめお》しの様に『ぐう』と非常に分かり易《やす》い音までしてしまう。

「そういえば何も食べてないいんだっけ」

昨日の朝食を家から出る際に食べただけで、以後は何も口に入れていない。緊張《きんちょう》していたからあまり意識しなかっただけの様だが――そういえば喉《のど》も渇《かわ》いている事を優樹は自覚した。

しかも一旦《いったん》自覚してしまうとこれが耐《た》え難《がた》い位に辛《つら》い。特に十代でまだ成長期途中《とちゅう》の優樹などは感覚が切実《せつじつ》である。

「……まあ色々と聞きたい事もあるし」

昨日は半《なか》ば混乱していた為《ため》か、ただ状況《じょうきょう》に流されるばかりで――尋《たず》ねるべき事さえ尋ねていない状態だった。朝食だと言うのなら丁度《ちょうど》良い。詩月や他の連中も揃《そろ》っているらしいので、ここは一つ勇を鼓《こ》してきちんと彼等《ら》と情報交換《こうかん》をしておかねばなるまい。

「……よし」

優樹は手早く浴衣《ゆかた》を脱《ぬ》いで学生服に着替《きが》え始めた。

◇　◇　◇

正直言うと何か変なものでも出てくるのではないかと疑ったりもしたのだが、食事内容《メニュー》は恐《おそ》ろしくオーソドックスな感じだった。

みそ汁《しる》。納豆《なっとう》。鮭《さけ》の切り身。卵焼き。海苔《のり》。呆《あき》れる位に『日本の朝御飯《あさごはん》』である。

優樹はパンよりも御飯党なのでこういう朝食の方が有り難《がた》い。祖母の家に預《あず》けられていた時は基本的に和食だったし――どうもパンは優樹にとってはオヤツのイメージが在《あ》って食事をした気にならないのである。

それはさておき――

「どうしたの？　美味《おい》しくない？」

と向かいの席で詩月が尋ねてくる。

近くには昨日の幽霊《ゆうれい》少女達——春香に夏輝に秋菜に冬美の四季少女達《シーズン・シスターズ》（命名・優樹）もきゃいきゃいと声を上げながら朝食を食べている。ちなみに彼女等は外見がよく似ている上に名前も四季シリーズという感じで妙に共通点が多いのだが、本当の姉妹《しまい》ではないらしい。自分の内臓とかは平気で見せてくる癖《くせ》に、その点を尋ねても少女達は曖昧《あいまい》に笑って何も教えてはくれなかった。

「いや。普通に美味しいけども」

これは掛《か》け値《ね》無しに本当の話。

しかし——と優樹は思う。これは誰《だれ》が作ったのだろうか。味を尋ねてくる事を思えば詩月なのかもしれないが……彼女が朝食を作っている光景が想像できない。では誰が作ったとすれば納得《なっとく》が行くのか、と問われればよく分からないのだが。

「どしたの優樹君？」

優樹の箸《はし》が進んでいないのを見て——その四季少女達も声を掛けてくる。

「食欲ないとか？」

「大変、病気かも。私看病《かんびょう》してあげるよ!?」

「添《そ》い寝《ね》だってしちゃうもんね」

――とか何とか。

どうも優樹に好意を持っているというよりも、『男の子』自体が珍《めずら》しくて仕方ない様である。何かにつけて表情を輝《かがや》かせて声を掛けてくる。その様は明るく元気で――どう考えても昨日見たゾンビ同然の姿《すがた》が何かの見間違《みまちが》いにしか思えない。無論そんな事を口にしようものなら、少女達は面白《おもしろ》がってまた内臓だの生首だのを触《さわ》らせてきそうな気がするので黙《だま》っているが。

そこへ――

「……体調が悪いのなら診《み》ましょうか?」

そんな声が掛《か》かる。

ふと優樹が顔を上げると、そこには一人の娘《むすめ》が立っていた。

ベージュのサマーセーターに焦《こ》げ茶色のスラックスという地味《じみ》な格好《かっこう》の上から、少し大きめの白衣を着るという格好。顔立ちもこれまた何処《どこ》か地味な感じで、長い黒髪《くろかみ》に付いた小さな髪留《ど》めや、少し大きめの眼鏡《めがね》が余計《よけい》にその印象を強めている。ただし決して不細工《ぶさいく》な訳ではなく、容貌《ようぼう》としてはそこそこに整《ととの》っていて美人の部類に入るだろう。

ただ……その表情は何処か何かが抜《ぬ》け落ちているかの様な緩《ゆる》みを見せていて、これが彼女の姿を妙《みょう》に幼い雰囲気《ふんいき》に見せていた。

この為か、一見しただけでは年齢《ねんれい》がよく分からない。同じセーラー服を着せたら詩月達と並んでいてもそんなに違和感《いわかん》が無いだろう。校医らしき白衣を着ているし、セーターの胸元《むなもと》は結構大きく盛《も》り上がっていたりするので、案外それなりの年齢に達した大人の女性なのかもしれないが。

「あ……いや。大丈夫《だいじょうぶ》です」

優樹は慌《あわ》てて言った。

「そうですか」

のんびりした微笑《びしょう》を浮《う》かべてそう言うと、その娘はそのままふらふらと夢遊病者《むゆうびょうしゃ》の様な動きで歩いていき、少女達とはやや離《はな》れた場所に座《すわ》ると、両手を合わせて丁寧《ていねい》に『いただきます』――そして既《すで》にそこに用意されていた優樹達と同じ朝食を、のたのたとした動作で食べ始めた。

「…………」

「校医の本町小竹乃《ほんまちささの》先生」

そちらを見ていた優樹に囁《ささや》く様にして詩月が言った。

「……あの人も幽霊なの？」

「うん」

とあっさり頷《うなず》く詩月。

だがそう言う詩月もあの小竹乃という娘も、優樹の眼《め》から見れば普通《ふつう》の生きている人間にしか見えない。まして詩月や四季少女達に関しては実体が在る——少なくとも幻像《げんぞう》でも虚像《きょぞう》でもなくその外見通りに触《ふ》れる事の出来る身体《からだ》が在るのは間違いが無い。

だが——

「今一つ実感が湧《わ》かないけども」

うっかりそんな感想を迂闊《うかつ》に口にしたものだから。

「あ——ねえねえ優樹くん私の胃袋《いぶくろ》触る？」

「私なんて心臓《ハート》触らせちゃうぜっ!?」

「うわ——夏輝ってばダイタン」

「あの……私の脳《のう》でも良ければ……」

と言ってくる四季少女達《シーズン・シスターズ》。

ちなみに……いつも一緒《いっしょ》に行動しているので、彼女等《ら》の印象というと、どうしても四人一組のものになりがちだが、よく見ているとこの少女達にもそれなりに個性が在るのが分かる。一番騒《さわ》がしいのが春香で、ちょっと口調《くちょう》が男っぽいのが夏輝。ちょっと斜《はす》に構えた様な感じなのが秋菜で、やや大人しめなのが冬美である。

「美少女の内臓を直《じか》に触れるなんて滅多《めった》に出来ない経験だよ？」

と意気込む春香。

「さあ優樹君もこの夏、大人の階段を昇《のぼ》ろう！」

「いえ……結構です、いやマジで」

それは大人の階段とは明らかに違うだろう、と突《つ》っ込みたかったが我慢《がまん》する。少女四人対少年一人——幽霊であろうとなかろうと、どちらが言いくるめられるかは火を見るより明らかだった。

逃《に》げる様にして視線を巡《めぐ》らせる優樹。

すると——更《さら》にもう一人食堂に入ってくる人物が見えた。

「…………？」

優樹は眉間《みけん》に皺《しわ》を刻《きざ》んでその人物を眺《なが》める。

いや……果たしてそれを『人物』と言って良いものかどうか。

頭は在る。四肢《しし》は在る。それぞれの位置もおかしくはない。骨格《こつかく》的に見ればきちんと人間の形をしてはいる。外見的には亜麻色《あまいろ》の髪をショート気味《ぎみ》にした小柄《こがら》な少女で、年齢は——十代前半であろうか。少なくとも詩月達よりは若干《じやつかん》幼い感じに見える。

何にせよ、緑の大きな瞳《ひとみ》といい、柔《やわ》らかそうな白い肌《はだ》といい、素直《すなお》そうな顔立ちといい、とても可愛《かわい》らしい——思わずきゅっと抱《だ》き締《し》めたくなる様な可愛らしい雰囲気の少女ではあった。顔立ちそのものはアジア系に見えるので、混血児《ハーフ》なのかもしれない。

ただし……。

（……コスプレ？）

と優樹が内心で首を傾《かし》げたのは、人間にしては余計《よけい》な『部品』がくっついていたからだ。

少女のセーラー服の裾《すそ》からはふさふさした毛に包まれた尻尾《しっぽ》が伸《の》びており、頭部にも獣《けもの》を想《おも》わせるでっかい耳がくっついている。更に言えばこの尻尾の先端《せんたん》と両の耳は他の部分——頭髪《とうはつ》や尻尾の大部分と異《こと》なり、黒く染まっていた。

この配色はまるで——

「あ。紅葉《もみじ》ちゃんおはよう」

言って詩月が手を振《ふ》ると、獣耳及《およ》び尻尾付き少女はこちらを振り返って言った。

「おはようだよ。って——あれ？　新入り？」

「うん。長居優樹っていうの」

と答えたのは無論、優樹本人ではなく詩月である。

「わあ——」

その少女——どうも紅葉というらしい——は優樹が何か言うよりも早く近くに駆《か》け寄っ

てくると、息が触《ふ》れる様な距離《きょり》にまで顔を近づけて彼を見つめた。

初対面で優樹の事をやけに珍しがるのは他の少女達も同じであったが、紅葉の場合はその際に採《と》った行動が他とは明らかに違っていた。

というか尋常《じんじょう》ではなかった。

まるで犬の様に、ふんふんと鼻を鳴らしながら優樹の匂《にお》いを嗅《か》いでいるのである。挙《あ》げ句《く》、更に顔を近付けると――

「――ッ!?」

がたんと椅子《いす》を鳴らして後ずさりする優樹。

キスならまだしも……まさか初対面の相手に頬《ほお》を舐《な》められるとは思ってもみなかった。

だが紅葉は自分の行為《こうい》や優樹の反応には全く頓着《とんちゃく》していないらしく、更に近寄ってきて嬉《うれ》しそうに尋《たず》ねた。

「ひょっとして人間？　人間？　ねえ人間？」

「あ……はあ。い……一応人間だけど」

何が『一応』なのかはさておきそう答える優樹。

すると――

「うわーうわーっ!!」

紅葉は何やら興奮《こうふん》した様子でばたばたと辺《あた》りを駆け回り始めた。

「うわーっ！　人間だよぅ！　生きた人間だよぅ！」

「…………いやあの」

「しかも男の子だよぅ！」

「…………」

優樹の事を『人間か』とわざわざ問う処《ところ》や、その耳や尻尾を見ている限り、この少女も人間ではないのだろうが……どうも幽霊《ゆうれい》という感じでもなさそうだ。まあ詩月達や小竹乃も幽霊らしさなんぞは微塵《みじん》も無い訳だが。

「どうしようどうしようどうしよう」

ばたばたばた――と駆け回る紅葉。

でっかい尻尾もまるで犬の様にぱたぱたと激しく振りまくっている。

何というか……あまり怖《こわ》がっているとかそういう興奮の仕方ではなさそうだ。優樹が見た限り、大好きなアイドル歌手だの映画俳優だのに会って興奮絶頂《こうふんぜっちょう》の女子中学生――という感じである（尻尾はのぞく）。たかが人間に会うのが何がそんなに嬉しいのかはよく分からないが。

「どうしようどうしよう」

などと言いつつ駆け回った挙げ句《あく》――

「――きゃん⁉」

椅子《いす》に脚《あし》を引っかけて紅葉はその場にすてん、と転んだ。

その途端《とたん》――

「――⁉」

ぼん！――と妙《みょう》に分かり易《やす》い音を立てて突如《とつじょ》発生する白い煙《けむり》。熱も光も衝撃《しょうげき》さえも伴《ともな》わない記号的な爆発《ばくはつ》の中で、紅葉の姿はまるで泡《あわ》の様に弾《はじ》けて瞬《また》く間に消滅《しょうめつ》した。もっとも優樹に見えたのは煙の向こうで急速分解していく紅葉の輪郭《りんかく》――つまりは影《かげ》だけであったのだが。

でもって。

消えた紅葉の代わりにそこに居たのは……

「――あ。やっぱり」

何故《なぜ》かひどく冷静《れいせい》な気持ちで優樹はそう言った。そろそろ常識的感覚が麻痺《まひ》してきたのかもしれない。

床《ゆか》の上に居るのは一匹《ぴき》の狐《きつね》だった。

手足が微妙《びみょう》に短いというか全体的に丸っこい感じがするのは、恐《おそ》らくその狐が未《ま》だ子供だからだろう。単に狐という単語を聞けば人は何となく細長く優美《ゆうび》な印象を持つものだが、この狐に関して言えば『スマート』とか『スレンダー』という言葉は全く似合《にあ》わない。一番近い印象の言葉は『動く縫《ぬ》いぐるみ』かもしれない。

ちなみに……

優樹が『やっぱり』と思ったのは尻尾と獣耳のカラーリングからである。無論、似たような配色という意味では狸《たぬき》という可能性も無いではないのだが。どっちにしろ狐狸《こり》の類《たぐい》ではあるだろうなあ、と見た瞬間《しゅんかん》から優樹は思っていた。

まあ幽霊がセーラー服着て卵焼き喰《く》っていたりするのだから、狐が女の子に化けていようと最早《もはや》、不思議でも何でもない。というか最早この程度でいちいち不思議がっていたら疲《つか》れるだけだ。

また狐が化けるだの狸が化けるだのという話は民話でも珍《めずら》しくないが、優樹の場合はこれに加えて、かつて巫女《みこ》をしていた祖母がよくその手の話をしてくれたので、宇宙人だの超能力だのよりは遥《はる》かに馴染《なじ》みがあるのだ。

「はい——葉っぱ」

どこから取り出して来たのか詩月が木の葉を差し出すと、子狐はひょいとそれをくわえてその場に座《すわ》る。短い前足を『うんしょうんしょ』という掛《か》け声が聞こえてきそうな仕草《しぐさ》で動かして何とかそれを頭に載《の》せた後、何やらばたばたと四肢《しし》を動かしながら右へ行ったり左へ行ったり。優樹の眼《め》には何やら盆踊《ぼんおど》りでも踊っている様に見えたが——最後に葉っぱを頭に載せたままひょいと跳《と》んで空中にて一回転。

ぽん！　と再び白煙《はくえん》が発生する。

「は——っ。は——っ。は——っ」

肩《かた》で息をしながら再び出現した少女姿の紅葉は優樹達を振り返った。

「今の無し！　今の無しね？」

「はいはい」

と詩月が気安く頷《うなず》いている。

「……なんなの、この子は」

と——何となく想像はつくものの、一応尋ねてみる優樹。

詩月はまるで質問の意味が分からないとでも言う様に、眼を瞬《まばた》かせて紅葉の方を振り返り……そして視線を優樹に戻《もど》して、至極《しごく》当然、といった口調で言った。

「見ての通り狐さんだけど」

「違《ちが》うよぅ、酷《ひど》いよぅ、私は人間だよぅ!?」

やけに高いテンションでそう主張する紅葉。

「……いや、そう主張したいならまず耳と尻尾《しっぽ》どうにかした方が」

「え……？」

優樹に言われて紅葉は愕然《がくぜん》と立ち竦《すく》んだ。

「最近はこれでもいいんじゃないの？」

「『最近』って何、最近って」

「漫画《まんが》とかでよく見たもん」

「…………」

一体何処《どこ》でどういう漫画を見たのやら。

呆《あき》れる様な憐《あわ》れむ様な、かなり微妙な優樹の表情で自分の勘違《かんちが》いを悟《さと》ったらしく、紅葉はしばし頭を抱《かか》えてうんうん唸《うな》っていたが……

「こ……これも個性だよぅ」

……という結論に落ち着いたらしい。専門用語で自己欺瞞《じこぎまん》とも言うが。

「いやまあ……そう言い張りたいなら止めないけど」

溜《た》め息《いき》混じりに言う優樹。

それでも紅葉は納得《なっとく》しきっていないのか、自分のふさふさした尻尾を触《さわ》りながらしきりに首を傾《かし》げている。

「ところで——」

ふと声を上げて詩月が言った。

「朝御飯《あさごはん》食べたらちょっと皆《みんな》集まって欲《ほ》しいの」

一同の視線《しせん》が詩月に集中する。

詩月は立ち上がりながら言葉を続けた。

「何処が良いかな。壱《いち》年壱組の教室にしましょうか。相談したい事があるから。いい？」

「いいよ」

四季少女達の一人——確か春香だ——が声を出して言い、他の三人が頷く。紅葉は体温の高い小動物の様な仕草で何度もこくこくと頷き、小竹乃も最後にのったりとした動作ながら頷いて見せた。

「生徒総会って奴《やつ》だね」

「横断幕《おうだんまく》とか作ろうか？」

「この人数じゃせいぜいクラス会じゃないの？」

「お茶菓子《ちゃがし》とかいるかな？」

とか何とか春香達がわいわいと相談を始める。

詩月は優樹に眼を向けて——確認《かくにん》する様に言った。

「優樹もいいよね？」

「うん、まあ。僕も尋《たず》ねたい事とか一杯《いっぱい》あるし」

本当は食事をしながら——と思ったのだが、どうもそういう雰囲気《ふんいき》ではないというか、落ち着いて真面目《まじめ》な話なんぞ出来そうにない。後でそれなりに話し合いの場を設《もう》けてくれるというのなら、色々尋ねるのもその場で良いかな——と優樹は思った。

「じゃあそういう事で」

言って詩月は微笑《ほほえ》んだ。

◇　◇　◇

優樹はお祖父《じい》ちゃん子でありお祖母《ばあ》ちゃん子だ。

幼い頃《ころ》、優樹はよく母方の実家に預《あず》けられていて、祖母や祖父と居る時間が結構長かった。幼児期は事実上祖父母に育てられたと言っても良いだろう。母方の実家といっても優樹の家から車で十分程《ほど》の距離《きょり》である。だからこそ両親も割と手軽な感覚で優樹を昼間、祖父母の家に預けて働きに出ていたのだろう。

その事に関して優樹は良かったとも悪かったとも思っていない。

幼児の人格形成《じんかくけいせい》の事を思えば両親と触《ふ》れ合う時間が長い方が良いのは確かだろうが……

両親が本当に忙《いそが》しいのは雰囲気で察していたし、両親があまり側《そば》に居ない代わりに祖父母が何かと彼を可愛《かわい》がってくれたので、それなりに満ち足《た》りた日々だったとは思っている。

祖父母は二人とも上品で穏《おだ》やかな人物ではあったが、祖父は元警察の鑑識《かんしき》、祖母は結婚《けっこん》するまで何処ぞの神社で巫女《みこ》をしていただけあって、礼儀作法《れいぎさほう》には厳《きび》しく、しばしば言われる『孫をただ可愛がる』だけの爺《じい》さん婆《ばあ》さんではなかった。悪戯《いたずら》をしてはよく祖父に拳骨《げんこつ》で殴《なぐ》られたし、時には祖母に箒《ほうき》で尻《しり》が真っ赤になるまで叩《たた》かれた事も在《あ》る。

何にせよ……優樹にとって祖父母は第二の父であり母だった。

あの二人の影響《えいきょう》は結構大きいと自分でも思うし、祖父が亡《な》くなり、母が職を辞《じ》して専業《せんぎょう》主婦になった今でも、優樹は祖母の家に週に一度は必ず顔を出す。

祖母の話は面白《おもしろ》い。

説教臭《くさ》い部分も無いではないが、彼女が語る不思議な物語は十分に面白かった。

神様の話。妖怪《ようかい》の話。幽霊《ゆうれい》の話。小鬼《こおに》の話。

いかにも神社に伝わる説話然としたものも多かったが、妙《みょう》に詳細《ディテイール》が詰《つ》まっていて、どう考えても説話や神話の類《たぐい》とは違う雰囲気の話も混じっていた。中にはそこらの漫画やアニメ顔負けの伝奇《でんき》アクションものっぽい話――陰陽師《おんみょうじ》が悪い妖怪を退治《たいじ》する話とか――も在ったりして本当に面白かった。

これらの話を優樹は祖母が考えたのではないかと思い、いっそ小説家にでもなれば良かったのにと言うと、祖母は穏《おだ》やかに笑って『これは創作なんかじゃなくて本当の事なんだよ』と言っていた。その言葉をそのまま鵜《う》呑《の》みにする事はさすがに無かったが、その一方で、元巫女であった祖母の眼が見ている世界は自分の見ているそれとは微妙《びみょう》に違《ちが》うのかもしれないとも優樹は思った。

そして——

◇　◇　◇

多少の余裕《よゆう》が出てきたのだろう。

壱《いち》年壱組の教室に入った優樹はそのちぐはぐさに気付いた。

元々おかしな雰囲気《ふんいき》ではあったのだが——やたらと旧《ふる》い構造《こうぞう》の癖《くせ》に傷《きず》一つ無い新品同様な処《ところ》とか——注意してみるとそれ以外にも『間違い探《さが》し』の様にあちこちに不自然な部分が散在《さんざい》しているのである。

校舎はいかにも古臭《ふるくさ》い木造《もくぞう》建築。だがその一方で教室の照明は裸電球《はだかでんきゅう》の類ではなくて蛍《けい》光灯《こうとう》になっているし、空調機《エアコン》なんぞまで在る。

優樹は別に蛍光灯やら空調機やらの歴史に詳《くわ》しい訳ではないが、多分、総木造校舎が基本だった時代にはこれらのものは未《ま》だ一般的《いっぱんてき》ではなかったのではないだろうか。

そもそも誰《だれ》が何の目的で今更《いまさら》こんな場所を作ったのか。

懐古趣味《かいこしゅみ》であるのならば不徹底《ふてってい》は意味が無い。かといって予算の問題でもなかろう。恐《おそ》らく現代ならこの規模の建物をわざわざ木造建築で作るより鉄筋《てっきん》コンクリートで作る方が安くつく。

（いや……違う。そういうんじゃなくて）

優樹は想う。

実のところ答えは分かっている。至極《しごく》単純だがやたらと不自然な答えが。

実際——詩月の台詞《せりふ》を全《すべ》て受け入れれば出てくる答えは一つしかない。あまり信じる気にもなれなかったので敢《あ》えて深くは考えなかったのだが……

（やっぱり此処《ここ》は——）

「えーと」

教壇《きょうだん》の上に立った詩月の声が彼の思考を中断させた。

小柄《こがら》な上にセーラー服の彼女が教壇の上に居て胸を張っていたりすると、妙に偉《えら》そうな様に見えたりする。まあ背伸《せの》びしている子供の様で微笑《ほほえ》ましくもあるのだが。

詩月はちょっと背伸びしながら黒板の上の方にチョークで『これからの学園生活につい

て』と書いて——ごほん、と咳払《せきばら》いを一つ。

「という訳で」

詩月は一同——といっても全部で七人だが——を見回して言った。

「待望の人間の男の子もやってきたという事で！　そろそろ学校生活を開始できそうな感じがしてきましたっ!!」

おお〜っ
ぱちぱちぱちとまばらな拍手《はくしゅ》と共に少女達から感嘆《かんたん》の声が上がる。

そして優樹は——

「……は？」

と間抜《まぬ》けな声を漏《も》らしていた。

一体何を言っているのだろうか——彼女は。

周囲を見回すと春夏秋冬の四少女達は『長かったねえ』『そうだっけ？』『やっぱ男の子が居ないとね』『元は女子校だけどね』とか色々言って頷《うなず》いている。

紅葉《もみじ》は優樹の隣《となり》に座《すわ》っているのだが、どうにもその様子には落ち着きがない。不安という訳ではなく、むしろ嬉《うれ》しそうで——その証拠《しょうこ》にぱたぱたとでっかい尻尾《しっぽ》を振《ふ》りまくっている——喩《たと》えるならば散歩の時間を目前に控《ひか》えて興奮している犬の様だった。

小竹乃はというと、教室の一番後ろに座り、のんびりした表情でただ詩月を眺《なが》めているだけで、何を考えているのかはよく分からない。

「ええとあのさ――」

「はいそこ、私語は慎《つつし》んで。質問は後で受け付けます」

と優樹を指さし、すっかり教師の様な口調で言う詩月。

「そういう訳で、事前にそれぞれの役割分担《やくわりぶんたん》を決めようと思います」

「はい！　私女生徒の役がいいよぅ！」

待ってましたとばかりに元気良く手を挙げて言う紅葉。

「それは別に立候補《りっこうほ》しなくてもいいよ、紅葉ちゃん」

「分かったよぅ！」

嬉しそうに元気一杯頷《いっぱいうなず》く紅葉。

その脊髄反射《せきずいはんしゃ》の様な受け答えを見ていると、本当に分かってるのかどうか疑問だったりもするが……わざわざ突《つ》っ込む者は居ない。

「まず先生役と生徒役じゃないの？」

と四季の名を冠《かん》した少女達の一人――秋菜が言う。

「それはやはり本町先生しか居ないんじゃないのかなあ？」

「でも本町先生ってば元々お医者さんだから保健室でしょ」

「授業は保健体育だけとか？」

「あー。なんかそれやらしー」

少女達が口々に意見を言う。

その様子はまるで夏休みの旅行計画を練《ね》っているかの様に屈託《くったく》が無い。詩月や紅葉も同じである。来《きた》るべき楽しげな何かを見据《みす》えて少女達の眼《め》は楽しげに輝《かがや》いていた。

「一応英語は、喋《しゃべ》る位なら何とかなりますけど。独逸語《ドイツご》は……まあ高校では関係ないですよね。数学も……まあ何年もやってないから何処《どこ》まで覚えてるか分からないですけど、多分何とかなるかと……」

と片手を挙《あ》げて小竹乃。

こちらは毎度の如《ごと》く半分寝《ね》ぼけているかの様な口調である。気迫《きはく》だの情熱だのといった言葉とは恐ろしく縁《えん》遠い雰囲気だが、積極的に話に参加している処を見ると詩月の言う『学園生活』に反対する気は無いらしかった。

「では当面は小竹乃さんは保健と英語と数学で。基本は保健室の校医さんで」

「はい。分かりました」

頷く小竹乃。

『異議《いぎ》なーし』

他の少女達も特に異論は無いらしく声を合わせて言った。

「それから——まあ女生徒は紅葉ちゃん、春ちゃん、夏ちゃん、秋ちゃん、冬ちゃんが居るとして。男子生徒が優樹だけっていうのはちょっと寂《さび》しい感じがするけど。まあこれが壱年壱組って事で。あと学級委員だけど——」

「——ちょっと待って！」

さすがに優樹も我慢《がまん》できなくなって声を挙げる。

詩月が驚《おどろ》いた様に眼を瞬《まばた》かせて言った。

「なに——優樹？」

「何を言ってるんだよ、君達は⁉」

授業？　先生役と生徒役？　役割分担？　学級委員？

そして——『待望の人間の男の子』？

一体彼女等《ら》は何の相談をしているのか。

そしてどうして自分がこんな処《ところ》でその相談を聞いているのか。

意味が分からない。

彼がそもそもこの会議——というか何というか——に参加したのは、現状を把握《はあく》した上で帰る方法を探《さぐ》る為《ため》だった。この鈴乃宮学園で生活を送る為などでは決してない。

「何って……明日からの予定とか」

「だから何でそれに僕が参加してるんだよ⁉」

「何でって……ここに居るから」

優樹が何を言っているのか分からない、といった表情で詩月が首を傾《かし》げる。

「なんだよそれ⁉ そもそも此処《ここ》は一体何で、君達は一体何なんだよ⁉ 誰《だれ》か——誰でもいいから、僕の置かれているこの状況《じょうきょう》が一体何なのか、きちんと説明してくれよ！」

優樹の苛立《いらだ》たしげな叫《さけ》びと共に沈黙《ちんもく》が降りる。

詩月や小竹乃は無論、それまできゃいきゃいと姦《かしま》しく声を挙げていた紅葉や少女達も少し驚《おどろ》いた様な表情を浮《う》かべ、黙《だま》って優樹の顔を見つめている。

やがて——

「此処は学校なの」

と詩月が言う。

「分かってるよ、その位は」

どれだけ不自然だろうと何だろうと此処が学校の体裁《ていさい》を採《と》っている——少なくとも学校たらんと望まれた場所である事は分かる。ちぐはぐなのは単にその『望んだ者』が正確な情報を知らないからだろう。

詩月は言葉を続けた。

「学校は学園生活を送る処なんだよ」

「……そういう見方もあるかもね」

と優樹。

『学園生活』というのは、あくまで学校という教育機関に所属《しょぞく》して活動する際に生《しょう》じる結果の総称《そうしょう》みたいなものであって——中核《ちゅうかく》でも本質でもない。厳密《げんみつ》に言えば本来学校というのは勉強する環境《かんきょう》を指しているのであって『学校』イコール『学園生活を送る場所』というのは本末転倒《ほんまつてんとう》どころか筋《すじ》の通《とお》った理屈《りくつ》にもなっていない。

まあここらは見解《けんかい》の相違《そうい》かもしれないが。

詩月は優樹の反応に満足げに頷《うなず》いてから——言った。

「だから此処に居る私達は学園生活を送らないといけないんだよ」

「そこから意味不明だよ、いきなり!!」

「ええ？　そうかなあ」

詩月が首を傾げる。

どうも今の説明で優樹が納得《なっとく》すると本気で思っていたらしい。無邪気《むじゃき》というか無垢《むく》というかそういうのも、此処まで来ると微笑《ほほえ》ましい以上に戦慄的《せんりつてき》である。

「でもさ。他《ほか》にする事無いでしょ？」

「そういう問題じゃないでしょ!?」

「じゃあどういう問題？」

詩月が上目遣《うわめづか》いに恨《うら》めしげな表情で優樹を見つめる。

一瞬《いっしゅん》、そんな詩月の態度に、自分がひどく勝手な事を言っている悪人の様な気がして、一抹《いちまつ》の罪悪感《ざいあくかん》を覚える優樹。だがここで彼女等《ら》のペースに巻き込まれてはまずいと自らに言い聞かせて強引《ごういん》に言葉を続ける。

「君等にどういう事情が在《あ》るのかは知らないけど。僕は関係ないだろ。そもそも入学した覚えも無いんだ。大体——他にする事が無いって言うけど僕には在る」

「——なに？」

「言っただろ？　帰るんだよ」

言って優樹は席から立ち上がった。

しかし——

「何処《どこ》へ？」

詩月が不思議そうに尋《たず》ねてくる。

「何処へって当然――」

ふと言葉に詰《つ》まる優樹。

何処へ帰るのか。

――『此処ではない何処か』――

そうだ。

自分はあの日常から逃《に》げ出したいと思っていたのではなかったか？

彼女の居ない場所に行きたいと願っていたのではなかったか？

なのにあの場所へ帰る――と何の疑問も無く自分は口にしていた。

それは……

「……僕にはちゃんと本来の家も学校も在る。こんな訳の分からない場所に居る筋合《すじあ》いは無いだろ？」

口から出たのは脳裏《のうり》に漂《ただよ》うそれとは別の言葉だった。

もっとも全く思ってもみない事では無い。失恋《しつれん》だの何だのの感傷《かんしょう》はともかくとして……普《ふ》通《つう》の人間がこんな状況《じょうきょう》に置かれたなら当然に示《しめ》す反応だろう。少なくとも優樹にとって此処で学園生活を送らなければならない理由は無い。

しかし――

「帰れませんよ」

あっさりとそう言ってきたのは——詩月ではなかった。

「——え？」

背後から投げ掛《か》けられた台詞《せりふ》に思わず振《ふ》り返る優樹。

のんびりとした表情を浮かべながら、本町小竹乃は世間話《せけんばなし》でもしているかの様なひどく気楽な口調《くちよう》で言った。

「ここからは何処へも行けません」

「行けませんって……」

優樹は思わず周囲を見回したが、少女達は彼の視線を受けると小さく頷くばかりで誰《だれ》一人として彼の期待した否定《ひてい》の言葉を言ってくれる者は居なかった。

「此処は空間として閉《と》じられているんですよ」

小竹乃は言った。

「——は？　空間？」

「ええ。此処はどこにも繋《つな》がっていない閉じた空間です。世界と言っても良いですが」

次第《しだい》に聞き捨てならない単語が増えてくるが小竹乃の口調に変化は無い。まるで天気か物価《ぶつか》についてでも話しているかの様に、ひどく当然といった様子で彼女は続けた。

「出口が無いというか……とにかく出られないんです。『終わり』とか『端《はし》』とかそういう概念《がいねん》がそもそもこの世界には設定されていないのかもしれませんね」

「……あの。意味不明というか……」

「ごめんなさいね……私も実はよく分かっている訳じゃないんですけど」

肩《かた》をすくめながら小竹乃は言った。

「本当に何も無いんですよ――この学校の周《まわ》りは。この広くて白い平面の中に在るのはこの学校だけで。『果て』さえもこの平面には無いみたいなんです」

「……そんな事」

どうして分かるのか。

『果て』が『無い』という事を確認《かくにん》する事は出来ない。無いものを無いと証明し確認する事は至難《しなん》の業《わざ》だ。だからこそ科学の発達した現代でも『幽霊《ゆうれい》』だの『宇宙人』だのの存在について論争が尽《つ》きないのである。まあ詩月達の言葉が確かなら幽霊に関しては一つ結論が出ている訳だが。

「分かりますよ。この世界は全《すべ》て『鈴乃宮学園』の一部であり――それはつまり彼女の一部という事なんですから」

優樹の内心を見透《みす》かしたかの様に言って小竹乃が見たのは――詩月だった。

「言ったでしょ？」

と詩月。

彼女は両腕《りょううで》を広げて言った。

「私は此処だって。私はこの『鈴乃宮学園』なの。その『鈴乃宮学園』の幽霊なんだよ」

「…………」

優樹は眼《め》を瞬《まばた》かせながら詩月を改めてまじまじと眺《なが》めた。

それは聞いた。何度か聞いた。

だが——

「つまりですね」

小竹乃が苦笑《くしょう》を浮かべて言う。

「学校『の』幽霊ではなく、学校『が』幽霊なんですよ」

「…………」

学校幽霊ではなく幽霊学校。

使われている字は同じだが意味は全く違う。

詩月達の今までの台詞や行動から、何となく想像はしていたが——

「学校が幽霊って……この子は付喪神《つくもがみ》って事ですか？」

詩月の方を振り返って――さすがに指さしはしなかったが――優樹は言った。

『付喪神』。

確かそういう概念が神道《しんとう》だか陰陽道《おんみようどう》だか――とにかくそっち方面に在った筈《はず》だ。

長く使われた器物《きぶつ》には、所有者の情念や周囲の雑念《ざつねん》が堆積沈着《たいせきちんちゃく》してある種の『神』――西洋的な概念《がいねん》で言えば『精霊《せいれい》』に相当する様なものが形成《けいせい》されるという考え方である。

付喪神というと何やらややこしそうだが、実のところ非生物――『生きていないもの』にも場合によっては魂《たましい》が宿《やど》る、という発想はそう珍《めずら》しいものでもない。神道の八百万《やおよろず》の神々というのもそうだし、もっと身近な処《ところ》では日本昔話の『傘地蔵《かさじぞう》』や『垢太郎《あかたろう》』、広義では『一反木綿《いったんもめん》』や『唐傘小僧《からかさこぞう》』など器物が妖怪《ようかい》化した様なものもこれに類《るい》すると言えるだろう。

「つくも……？　いや……えっと。それはよく分かりませんけど」

小竹乃は肩《かた》を竦《すく》めて言った。

「とにかく、この学園を含《ふく》む世界が彼女の認識に影響《えいきょう》を受けているのは間違《まちが》いないです。少なくとも彼女とこの学園は何処《どこ》かで繋《つな》がっているんでしょう。例《たと》えば――」

小竹乃は教室の天井《てんじょう》に設置されている蛍光灯《けいこうとう》を指差した。

「前に私が彼女に『最近は白熱電球じゃなくて蛍光灯だよ』って話をした事が在ったんで

す。そしたら次の日にはこれが出来てて」

「……へ？」

「あとは食堂に在《あ》る業務用の大型冷蔵庫《れいぞうこ》とかもそうです。最初は無かったんですよね。黒板も最近使われているのは正式にはグリーン・ボードって言って、昔のとは微妙《びみょう》に違《ちが》うんですよ。元々これらは此処《ここ》には無かったものですけど、私が彼女と話をしている内に出てきたものです」

「つまりそれは……最初無かったのは……彼女がその存在を知らなかったから？」

「うん。そうみたい」

てへへ——と照《て》れた様子で自分のうなじ辺《あた》りを掻《か》きながら詩月が言う。

「たまにね。電波とか受信したりする時に情報収集はしてるんだけどね」

「で……電波？」

危ないというか香《こう》ばしいというか、そういう単語に思わず聞き返す優樹。まあ自称《じしょう》・幽霊学校という時点で十分に香ばしいわけだが。

「ああ……ご心配なく。別に、ゆんゆん言いながらおかしな処《ところ》からおかしな命令とかを受信してる訳じゃないみたいです」

と小竹乃。

「テレビとかラジオの電波がどういう理由でかたまに紛《まぎ》れ込《こ》んでくる事が在って。常に届いている訳じゃないみたいですけど。届いてる時は視聴覚《しちょうかく》教室で見たり聞いたり出来るみたいですね。後は空間の具《ぐ》合《あい》でたまに外のものが取り込まれて落ちている事もあるみたいです。古雑誌とかゴミとか——大抵《たいてい》は役《やく》に立たないものばっかりですけど」

「……刑務《けいむ》所《しょ》じゃあるまいし」

と優樹。

もっとも——ある程度は差し入れの指定が出来たり、安定してテレビが映るだけ刑務所の方が遥《はる》かにマシという考え方も出来るが。

「とにかく——」

と小竹乃。

「要するにこの学校を含《ふく》む世界そのものが幽霊なんです。そしてどういう理由でかは分かりませんが、彼女はその一部が人の形を採《と》ったものです。だから彼女は世界そのものと繋がっています。あるいは此処は彼女の心の中に作られた内的空間《インナースペース》なのかも」

「…………」

優樹は改《あらた》めてまじまじと詩月を見つめた。

幽霊学校の化《け》身《しん》。

つまりはそれが詩月の正体なのだ。想像しなかった訳ではないが——改めてはっきりと言われるとやはり信じ難《がた》い。どこからどう見ても詩月は外見上普通《ふつう》の女の子で、人間離《ばな》れしているという意味では、紅葉や四季少女達の方が余程《よほど》、人間離れしている。詩月が人間ではなく——人間であった事さえ無いと言われても素直《すなお》には納得《なっとく》し難いものがあった。

そもそも学校が幽霊《ゆうれい》になるのは良いとしても……どうしてそれがわざわざ人間の、それも少女の姿を採ったりするのか。

いや。今はそんな事はどうでもいい。

問題は——

「で……でもそれなら」

もしこの世界が幽霊だというのなら——詩月の一部だというのなら。

詩月が許《ゆる》せばこの世界から出られるという事ではないのか？

その事を優樹が言葉に出して指摘《してき》するまでもなく、彼の表情から言いたいことを読み取ったのであろう——気の毒そうな表情で小竹乃が言った。

「駄目《だめ》なんです」

「……駄目って」

「彼女にも制御《せいぎょ》できない事柄《ことがら》が幾《いく》つも在るんです。

人間でも随意筋《ずいいきん》と不随意筋が在るわけで……自分の身体《からだ》の一部だからといって自分の意志で好きな様に制御できる訳ではないんですよ。例えば内臓とかは自分で意識して動かしたり止めたりは出来ないでしょう？」

小竹乃が医師免状保持者らしい例えを言う。

「ほらほら心臓～」

「うりゃっ」

「ああっ。握《にぎ》られたら心臓止まっちゃう」

「元から死んでる癖《くせ》に」

「やめなさいって」

とか何とかコントめいたやりとりをしているナイト・オブ・ザ・リビング少女達はとりあえず無視。まあ少しぎくしゃくしている場を和《なご》ませるつもりなのかもしれないのだが、ちょっとギャグが滑《すべ》っている。

「無論、これは実証された事実ではなく、多分に私や『鈴乃宮』さんの想像も混じっていますけど――」

「あ、そだそだ。小竹乃さん」

と手を挙《あ》げて割り込む詩月。

「はい？」

台詞《せりふ》を途中《とちゆう》で遮《さえぎ》られても特に気にした様子も無く振《ふ》り返る小竹乃。

「優樹が下の名前も付けてくれました。これからは詩月ちゃんで」

なにげに自慢《じまん》っぽく言う詩月。

前に詩月が言っていたが――どうも今までは『鈴乃宮さん』などとそのまんまで呼んでいたらしい。まあ新たに名前を付けるよりは自然であるが、わざわざ優樹に名前を付けさせた事や、今の自慢そうな態度からすると、本人も『鈴乃宮さん』だの『学園』だの呼ばれるのはあまり気に入っていなかったらしい。

「はあ――分かりました」

と小竹乃。

「まあそういう訳で……他《ほか》にする事も無いし、折角《せつかく》此処は学園なんだから、とりあえず学園生活をしてみてはどうだろうかという――」

「…………」

呆《あき》れて言葉も出ない優樹。

『他にする事も無いし』で学園生活を――それも模倣《もほう》を――して何の意味があるというのか。退屈《たいくつ》しのぎにはなるかもしれないが、時間潰《つぶ》しならもっと簡単で分かり易《やす》いものが他にいくらでも在るだろうに。

「ねね。優樹もするでしょ？　一緒《いっしょ》にするでしょ？　面白《おもしろ》いよ？　きっと！」

とぱたぱた尻尾《しっぽ》を振りながら言ってくる紅葉。

視線を四季少女達に向けると——

「いやあ。此処に取り込まれて出られないって事もあるんだけど」

「生きてる時の記憶《きおく》なんて実はもうあんまり残ってないんだけど」

「私達って、まともに学園生活送る前に死んじゃったから……」

「それが心残りで幽霊やってる様な気がしてね。だから異論《いろん》は無い訳」

口々にそんな事を言う少女達。

「私は……まあ幽霊になったのは最近ですし」

と次に優樹に視線を向けられた小竹乃がおっとりと言った。

「記憶もはっきりしてますけどね。すずのみや……もとい詩月ちゃんに取り込まれたから此処に居るのは事実ですけど、なにしろもう死人ですから、他にやる事も無いですし……死ぬのって何しろ初めてですから何をすべきかもよく分からなくてですね。今に至《いた》っている訳ですが」

小竹乃が言うとその内容が重いんだか軽いんだかよく分からない。

優樹は詩月に視線を戻《もど》して言った。

「僕を巻き込む事は無いだろ⁉」

「まあ優樹を巻き込んだのは偶然《ぐうぜん》なんだけど」

詩月はにっこりと笑って言った。

どうも罪悪感《ざいあくかん》とかその類《たぐい》のものはあまり感じていないらしい。

「でも優樹が来てくれたのは良かったなあって皆《みんな》喜んでるんだよ？」

「……喜ばれても困るんだけど」

「だってね」

優樹の台詞を聞いているのかいないのか——詩月は笑顔《えがお》で言った。

「生徒五人に先生一人じゃやっぱりちょっと『学園生活』には無理あるよね？」

「過疎地《かそち》とかじゃそんなもんじゃないかな……って」

優樹はもう一度一同を見回して言った。

「僕は入れないとして——生徒六人じゃないの？」

「五人だよ？」

と四季少女達や紅葉を指さして言う詩月。

「……だからって」

「詩月は？」

少なくとも彼女は四季少女達と同じセーラー服姿であるから少なくとも先生役ではないのだろう。だが詩月は胸を張って自分を指さした。

「私はほら――『学園』だから。言ってみれば生きた理事長みたいなものよ」

「理事長はもともと生きてる人間だと思うけど」

とりあえず突《つ》っ込んでおく優樹。

「大体……五人が六人になったからってどうなるもんでも」

「当社比でなんと二十パーセントの増量が！」

「当社ってなんだ当社って」

たまに混線《こんせん》してくる電波だの古雑誌だのから情報収集しているせいか、どうも詩月達の知識というのは偏《かたよ》っているというか、全体的に穴が多い。基本的な事も知らないかと思えば、どうでも良い様な事はやけに詳《くわ》しいみたいだった。

「でもね」

詩月は教壇《きょうだん》から身を乗り出しながら言った。

「ほら……学園生活って言えばやっぱり色々必須《ひっす》の出来事ってあると思うのよね。春ちゃん達だけじゃそれってばどうにもならないし。ねえ？」

詩月が話を振《ふ》ると少女達は揃《そろ》って頷《うなず》いた。

「必須の出来事？」

何となく嫌《いや》な予感がするが聞かずにはおれない優樹であった。

詩月は何やら得意《とくい》げに指を一本立て——

「例《たと》えば」

「ほら、例えば最近の学校法じゃ、女生徒は大きな『伝説』って彫《ほ》られた木の下で男子生徒に告白しないと単位もらえないんだよねっ⁉」

期待に瞳《ひとみ》を輝《かがや》かせながら紅葉が会話に割って入る。

「何処《どこ》の異次元の学校法だそれは」

「ええっ⁉」

紅葉と——そして詩月は驚愕《きょうがく》によろめいた。

どうやら詩月も同じ事を信じていたらしい。

「じゃあ男子生徒は一度は校舎裏に影《かげ》の番長に呼び出されないといけないって掟《おきて》は——」

「無い無い。っていうか何処からそういう誤《あやま》った認識《にんしき》を手に入れてるんだよ？」

それも微妙《びみょう》にネタが古い。

どうもこの認識は紅葉や詩月どころか、鈴乃宮学園の住人全員——といっても七人だが

――に行き渡《わた》っていたらしく、四季少女達も意外そうな表情を浮《う》かべた顔を見合わせて、ひそひそと何やら話し合っている。

優樹は小竹乃の方を振り返って言った。

「大体ええと――小竹乃さん、でしたっけ。あなたもなんでそんなおかしな話に突っ込み入れないんですか？」

「いや……私も高校生だったのは何年も前なので」

小竹乃は人差し指を頬《ほお》に当てて首を傾《かし》げながら言った。

「最近はそうなってるのかなーと……」

「なってません!!」

優樹は喚《わめ》いた。

「ほらほら。やっぱ優樹が来てくれて良かったよね」

そう言う詩月の表情は何故《なぜ》か得意げですらある。

「次々と明かされる驚愕の新事実が！」

「今世紀最大の驚愕が言うな」

呻《うめ》くように優樹は言った。

だがやっぱり詩月は聞いていない様子で――満足げに一同を見回して言った。

「優樹からもたらされる新情報を元に、私達はより完璧《かんぺき》な学園生活を送る事が出来ます。はい一同――拍手《はくしゅ》〜」

「……まあ頑張《がんば》ってくれ」

少女達と小竹乃の贈《おく》るどことなく間抜《まぬ》けな拍手の中――全身が溶《と》けて地面の上に溜《た》まりそうな疲労感《ひろうかん》を覚えながら優樹は言った。

「僕には関係ない」

「ええ？　優樹も一緒《いっしょ》に学園生活送ろうよ」

まるで『ねーお母さんあれ買ってー』とか言って母親の腕《うで》にぶら下がる子供みたいな口調で詩月は言う。言いながら更《さら》に近寄ってきて優樹の腕を引っ張ったりもする。

「嫌《いや》だ。関係ない」

と優樹。

彼にしてみればいきなり拉致監禁《らちかんきん》同然の扱《あつか》いを受けた上に、この非常識な状況下《じょうきょうか》で非常識な面子《メンツ》と『学校ごっこ』をやる気になど到底《とうてい》なれない。

さすがに恐怖《きょうふ》だの不安だのは随分《ずいぶん》と薄《うす》れてきたが、詩月や小竹乃の言う事が完全に本当だという証拠《しょうこ》も無いし、こんな場所で『学園生活を送ろう』と言われて『ウン分かったヨ。一緒に楽しい学園生活にしようネ！』などと言う方がどこかおかしいだろう。

要するに——詩月や小竹乃の言葉を信じるならば、今の優樹は刑務所《けいむしょ》どころか離《はな》れ小島に島流しされた様なものだ。下手をすると一生ここから出られない可能性すら在《あ》る。

「…………」

一瞬《いっしゅん》——八十の老人になっても歯の抜けた口でふがふが言いながら学生服を着て授業（らしきもの）を受けている自分を想像して優樹はぞっとした。

「ねえねえ。どうせ出られないんだから。楽しい学園生活になるよーに皆で協力し合った方が人生前向きだと思うよ？」

と詩月。

「……幽霊《ゆうれい》が人生を説《と》くな」

うんざりした表情で優樹は言った。

◇　◇　◇

『卒業と同時に結婚《けっこん》するの』

そう言われて優樹はただ無言《むごん》で応じた。

言いたい事はあった。山程《ほど》もあった。しかし見るからに幸せそうな笑顔でそう告げられては優樹としても何も言えなかった。

それだけでも充分《じゅうぶん》に気鬱《きうつ》になりそうな状況《じょうきょう》だが……運命は恐《おそ》ろしく底意地の悪い追加ダメージを用意していた。

優樹の初恋《はつこい》の女性の結婚相手。

それは——彼の担任《たんにん》の英語教師であった。

聞くところによるとその教師は彼女の所属する音楽部の顧問《こもん》で——まあその後の展開はそれこそドラマだの何だのでよく見掛《みか》ける様な教師と生徒の秘《ひ》めたる恋愛《れんあい》であったらしい。

ただしベタベタなドラマとこの現実の違《ちが》う処《ところ》は、二人の婚約が公《おおやけ》になっても周囲からは非難《ひなん》めいた意見が全くと言って良い位に出なかった事だ。

この英語教師、生徒の面倒《めんどう》見も良い上に実際の指導力も高く、性格は朗《ほが》らかで社交的、趣味《しゅみ》は料理と空手《からて》、おまけに休日にはボランティアに参加するという完璧超人《かんぺきちょうじん》の様な人物で——PTAからも同僚《どうりょう》からも高い評価を受けていた。

彼女の方も似たようなもので、成績優秀《ゆうしゅう》、容姿《ようし》端麗《たんれい》、慎《つつ》ましくも芯《しん》の通った言動《げんどう》で男女共に好印象、素行《そこう》にも全く問題なし。趣味はピアノと水泳と読書。二年の後半から三年の前半までは音楽部の部長を務《つと》め、下級生達からも面倒見の良い先輩《せんぱい》として慕《した》われていた。

加えて双方《そうほう》の両親共に二人の婚約には——当たり前だが——完全に乗り気。

これでどうやって文句《もんく》を唱《とな》えろと言うのか。

婚約発表した二人は、似合いのカップルとして教師達からも生徒達からも数え切れない祝福《しゅくふく》の言葉が贈《おく》られた。

はっきり言ってどうしようもない。

実際……優樹の眼《め》から見ても二人はお似合いだったし、どう贔屓目《ひいきめ》に見てもその英語教師と彼とでは天地——とまでは言わずとも歴然《れきぜん》たる差が在った。

しかし。

何年も想《おも》い続けた女性が自分では到底《とうてい》かないそうにない相手と結婚する。

それを優樹は彼女を追い掛けて入った高校に通い始めて三か月目に知らされたのだ。男なら顔で笑って心で泣いて、引きつりながらも『おめでとう』の一言を贈るべきなのであろうが——生憎《あいにく》とそんな男前《おとこまえ》な事をする気分になどなれなかった。

その日から優樹にとって学校は地獄《じごく》の同義語となった。

ただでさえ残りの何か月か、『結婚を控《ひか》えて幸せ一杯《いっぱい》の彼女』の居る学校に行くのは辛《つら》いのに、その相手はというと自分の担任で毎日顔を合わせるのだ。しかも場合によっては生活指導とか進路指導までされてしまったりする。それこそ学校に通うのに耐《た》えきれなくなった優樹が休んでいた二週間の間にも、三日とあけずにやってきては本当に心配そうな表情で『どうしたんだ、長居。悩《なや》み事があったら言ってくれないか』とか言ったりするのである。

当然——言えない。言える筈《はず》がない。

そんな意味の無い、恥《は》ずかしい泣き言を、それも自分から彼女を奪《うば》い去っていった相手に言う位なら豆腐《とうふ》の角《かど》にヘッドバットかまして死んだ方がマシだ。しかもこの担任はただ彼だけを見ていれば間違いなく良い教師なのだ。憎《にく》い訳でも嫌《きら》いな訳でもない。今まさに絶頂《ぜっちょう》にある二人の幸せに水を差す様な真似《まね》など優樹にはとても出来ない。

これが拷問《ごうもん》でなくて何だろうか。

こうして——優樹にとっては学校も家も安息《あんそく》の場ではなくなったのだった。

◇　◇　◇

窓を開いて外を見る。

やはりそこに広がっているのは延々《えんえん》とただ白いだけの平面だった。鈴乃宮学園の敷地内《しきちない》——即《すなわ》ち塀《へい》の内側は普通《ふつう》に土の見える地面なのだが、外側はリノリウムの床《ゆか》の如《ごと》く真《ま》っ平《たい》らな白い地面が続いている。

何も無い。本当に何も無い。

長く見ていると何やら眼がおかしくなりそうだった。

「…………」

優樹は窓から離れると椅子《いす》を引いて座《すわ》った。

何処に居ても落ち着かない。とりあえず三階の教室に――『参年四組』の教室の中に入ったが、これも特に意味は無い。先程の『会議』と場を変えたかっただけの事だが、これとて自己《じこ》満足以上の意味など無いだろう。強《し》いて言うのならば先の教室からある程度遠ざかりたかったので三階を選んだ位の事だ。

詩月達の話が本当なら校舎内の何処に居ても安心は出来ないだろう。この世界に居る限り詩月の体内に居る様なものだからだ。

これも詩月達の話を信じるとするなら、この鈴乃宮学園を中心とする世界全《すべ》てを詩月は把握《はあく》出来ている訳でも制御《せいぎょ》出来る訳でもない様だが――何処までが本当なのかは分からないし、ただ単に言及《げんきゅう》していないだけかもしれない。

下手をすると何処で何をしていても――たとえばトイレとか――監視《かんし》されている可能性は在った。

「冗談《じょうだん》じゃない……」

呟《つぶや》きながら優樹は鞄《かばん》の中のものを取り出して机の上に並べた。

何か使えるものは無いか、この状況《じょうきょう》を打開《だかい》出来る様なものは無いだろうか、いざという時に備《そな》えて調べておくべきではないか——と自分に言い聞かせての事だが、そもそもそんな便利で劇的なアイテムが平凡《へいぼん》な高校一年生の学生鞄に入っている筈《はず》も無い。実際にはこの状況で他にする事も思い付かなかったから、というだけだ。

「……うーん」

優樹は机の上に並べた品を見て溜《た》め息《いき》をついた。

まず一番の大物はカメラ——ペンタックスSP。次にそのソフトケースと三十六枚撮《ど》り高感度フィルム三本。撮影済《さつえいず》みのフィルム一本。他《ほか》には当然ながら教科書。ノート。筆箱。生徒手帳。プリントを束《たば》ねるためのバインダー。ルーズリーフ。オヤツ代わりのカロリーメイト一箱。ヘッドフォン型メモリー・オーディオ用の短四電池四本。同じくメモリー・カード一枚。バンドエイド数枚。

「……どうしようもないなあ」

見事に平凡な内容である。

さすがにこれで状況を打開するのは無理だろう。

まあどこぞのゲームの様に使えば体力満タンになる様な回復《かいふく》アイテムとか、毒消し草とか伝説の武具《ぶぐ》とかを期待した訳でもないのだが。

「くそ……どうやったら帰……」

そこまで言いかけて。

優樹は先程《さきほど》よりも深く長い溜め息をついた。

帰ったら帰ったで、またあの憂鬱《ゆううつ》な日々が待っているのだ。失恋《しつれん》なんて……と笑う者も居るかもしれないが、優樹にとっては大問題だった。面《めん》と向かって告白《こくはく》して振《ふ》られたのならまだいい。しばらく引きずるかもしれないが——まだそれならば何倍もマシだ。

ひょっとしたら彼女は優樹が彼女に異性としての好意を寄せていた事さえ全く知らないかもしれない。いや、間違いなく彼女にとって優樹は弟に過ぎなかったのだろう。

そうでなければ笑顔《えがお》で自分の婚約者《こんやくしゃ》を紹介《しょうかい》したりしない筈だ。

「僕は……」

『優《やさ》しい』と言われた思い出を金科玉条《きんかぎょくじょう》の様に抱《かか》えていた自分が滑稽《こっけい》だった。

自分は優しいのではない。

単に臆病《おくびょう》で優柔不断《ゆうじゅうふだん》なだけだ。他人と争って傷付けられるのが怖《こわ》いから人当たりの柔《やわ》らかい人物を演《えん》じているだけだ。それを『優しい』という言葉にくるんで誤魔化《ごまか》していただけである。

だから自分は勇気が持てなかった。

もっと早くに彼女に告白する勇気も。彼女を婚約者から奪《うば》い去る勇気も。まして自分を殺して彼女に会い『おめでとう』と言ってやる勇気さえも。

全く自分の臆病ぶりには反吐《へど》が出る。

今だってそうだ。

あの日常から逃《のが》れたがっていた癖《くせ》に、いざ別の世界に連れてこられると必死にあの日常へと帰る方法を探している。現実に立ち向かう勇気も無い癖に、その現実から完全に切り離《はな》されてしまうのを恐《おそ》れている。

そして――

「……くそっ」

優樹は撮影済《さつえいず》みのフィルムのケースを手に取った。

そのフィルムの中には三十六の彼女の残像《ざんぞう》が封《ふう》じ込められている。優樹の方を見て微笑《ほほえ》んでいる彼女の虚像《きよぞう》が残っている。写真の素人《しろうと》だった優樹がようやく満足に写真を撮れる様になってから、ペンタックスSPに入れた最初のフィルムであり……結婚を知らされる直前に撮り終えた最後のフィルムだった。現像《げんぞう》する気力も無いままに鞄の中に入れっぱなしになっていたものだ。

後にも先にも恐らくただ一本のフィルム。

何の脈絡《みゃくらく》もなく――

「…………」

これを床に叩《たた》き付けて踏《ふ》みにじる事が出来れば、自分はあの世界に帰れるのではないかと——思った。失恋に悩《なや》む昨日までの情けない自分にけりをつけて、新しい自分になれるのではないかと。そうすれば此処《ここ》から出て行けるのではないかと。

本当に何の根拠《こんきょ》も無い思いつきに過ぎない。

ただ——優樹の中でそれは、あっという間に確信に近い重さへと成長していた。

優樹はフィルムケースを握《にぎ》った手を振り上げる。

自分に向けて胸の中で呪文《じゅもん》を繰《く》り返す。

これはただのフィルム。

これはただの残像。

ただそれだけの……

「駄目《だめ》だな……僕は」

そして——そのまま彼はゆっくりと腕《うで》を降ろした。

未《ま》だ彼女から卒業できない。

（……その勇気がないから？）

それだけではない——と優樹は思った。思いたかった。

乳離《ちばな》れできない子供の様にそれは情《なさ》けない事だという自覚《じかく》はあるけれども。だからといってそんな簡単に気持ちが切り替《か》わる筈がない。自分が十年余《あま》りも抱《いだ》いてきたのは、そんな安っぽい想《おも》いではないのだと——自虐的《じぎゃくてき》な自信が優樹の中には在《あ》った。

「——どうしたの？」

「うわっ⁉」

いきなり声を掛《か》けられて優樹はのけぞった。

椅子《いす》ごとひっくり返りそうになって——しかし我《わ》が事ながら感心しちゃう様な微妙《びみょう》さで何とかバランスをとって復帰。がたん、と椅子の脚《あし》が床《ゆか》を噛《か》んだ音を耳にして優樹は溜め息をついた。

「どこから湧《わ》いて出たんだ⁉」

「そこら辺から」

と詩月は近くの床を指差した。

指差してからふと——眉間《みけん》に皺《しわ》をよせて指をふらふらと動かす。

「いや……ひょっとしたらあの辺かも。でもこの辺も棄《す》てがたいし」

「訳わかんないし」

「私にとってこの校舎内の距離《きょり》は在って無い様なものだから。何処《どこ》からでも自由自在」

「さすが幽霊《ゆうれい》だね」

「えへへ。褒《ほ》めても何も出ないよ？」

「別に褒めてないけどね」

「……優樹の意地悪」

上目遣《うわめづか》いに言ってくる詩月。

「ところで優樹、何してるの？」

「荷物の整理」

「ふうん。あ、カメラだカメラ」

詩月がペンタックスSPに触《さわ》ろうとするが、優樹はさっと手を伸《の》ばしてSPを自分の処《ところ》に引き寄せる。次いで撮影済みのフィルムを机の上に置き、未使用フィルムの入ったケースを手に取った。

「あ。なによ、ちょっと位触《さわ》らせてくれたっていいじゃない。ケチ」

「フィルム入れるから駄目《だめ》」

と言って優樹は巻き上げノブを引っ張ってペンタックスSPのカバーを開く。

無論、何かを撮る目的が在ってフィルムを入れようと思っていた訳ではなく、単に手持ちぶさたというか、詩月の前で例の撮影済みフィルムを握《にぎ》り続けているのが何となく恥《は》ずかして、手を動かしたかっただけだ。

「こっちは撮影済み？」

そう言って詩月が例のフィルムに手を伸ばす。

「——！　さわッ——」

「……ん？」

詩月が優樹の反応を訝《いぶか》しんで眼《め》を瞬《まばた》かせる。

優樹は喉《のど》まで出掛かった『触るな』の叫《さけ》びを何とか胸の奥《おく》に押《お》し戻《もど》して、深呼吸を一つ。

「そ……そうだよ。現像《げんぞう》前のフィルムって温度とか湿度《しつど》の変化にも意外と弱いからそのプラスチックのケースも開《あ》けちゃ駄目《だめ》」

「ふうん」

分かっているのかいないのか、詩月は珍《めずら》しそうにフィルム・ケースを眺《なが》めている。

「現像液とかあればこれ現像出来るの？」

「それはまあ……モノクロなら。一応やり方も知ってるけど」

銀塩写真《スチル》をやる以上は自分で印画紙《いんがし》も扱《あつか》えた方が何かと便利《べんり》ではある。さすがにカラー写真の現像ともなると素人《しろうと》の手には負えないが。

「やれるかどうか分からないけど、出してみようか」

「……は？　何を？」

「現像液」

「…………」

一体どういう理屈《りくつ》でそういう事が出来るのか。

考えてみればこの校舎に来ている電気やら水道やらも一体何処から来ているのやら。細かく追及《ついきゅう》しても詩月自身があまり分かっていない様な感じであったが。

「なんでまた……」

「ん？　単に好奇心《こうきしん》だよ」

詩月は笑いながら言った。

「優樹の撮《と》った写真って見てみたいなって」

「……あんまり上手《うま》くないんだよ。そもそもポートレイト専門だし」

「ポートレイト？」

「肖像画《しょうぞうが》。人物写真だよ」

言って優樹は指先で長方形を——フレームを造《つく》り、その内に詩月を納《おさ》めてみせる。

「へえ……じゃあさ。撮って撮って」

「誰《だれ》を？」

「私を！」

「……写《うつ》るの？」

何しろ幽霊である。無論、幽霊の姿《すがた》を納めた心霊写真というのも在る訳だが——吸血鬼《きゅうけつき》は写真や鏡《かがみ》に映らないというし、一般的《いっぱんてき》——というか何というか——な幽霊の常識がこの変な『幽霊学校少女』に通じるとは限らない。

「心霊写真だってあるじゃん」

と詩月。

「気合いがあれば写ると思うけどな」

「…………」

幽霊と気合い。お互《たが》い一番縁《えん》がなさそうな単語である。

「いや……やっぱり駄目《だめ》。フィルムの数も限られてるんだし。それに僕は撮る相手は選ぶ主義なの」

というか本当は人物は一人しか撮った事がない訳だが。

「何よ？　私じゃ駄目なの？」

言ってから——

「ははあ」

と——まるでネズミを見つけた猫《ねこ》の様に笑う詩月。

「……なんだよ？」

「ひょっとしてこの撮影済《さつえいず》みフィルムって女の子が写ってるとか？」

「……それは……まあ男とか撮っても絵にならないし……」

「それも全部同じ女の子で」

「だ……誰彼構《だれかれかま》わず撮るのは節操《せっそう》ないだろ……」

言ってから『しまった』と優樹は内心で臍《ほぞ》を噛《か》んだ。話を誤魔化《ごまか》すのならば今のが最終ポイントであったと気付いたからだ。

「……ふううううん？」

詩月は掌《てのひら》の上でフィルム・ケースを転がしながら面白《おもしろ》そうに優樹を眺《なが》める。

居心地《いごこち》悪い感じがして椅子《いす》の上で身動《みじろ》ぎする優樹。

「ねえ。ひょっとしてさ——」

詩月は優樹の顔を覗《のぞ》き込む様にして言う。

咄嗟《とっさ》に視線を逸《そ》らすものの、その先に追ってきて詩月は言った。

「その女の子の名前『詩月』とか言わない？」

「………………！」

　思わず椅子から立ち上がる優樹。

「あ。図星《ずぼし》だ図星」

「う――うるさいなっ！」

　優樹は喚《わめ》いた。

「おまえには関係ないだろ⁉」

「あるよ。私も詩月だもーん」

　と小悪魔《こあくま》の様な笑《え》みをみせながら詩月が言う。迷惑《めいわく》な話だが、どうも完全に優樹をからかう事に決めたらしい。

「『本物』がどんな人か見てみたいな。ね――現像しよ？」

「返せ！」

　優樹は手を伸《の》ばすが、詩月はひょいと身を引いてこれをかわす。

「返せったら！」

「やだ」

　詩月は更《さら》に後ろに下がりながら言った。

「優樹がね、此処《ここ》の生徒になってくれるって約束したなら、返してあげる」

「なんだよそれ⁉　ふざけるなよ！　返せよ‼」

優樹は椅子を蹴《け》って飛びかかるが、更に詩月は後方へとステップ。体重を感じさせない動作で優樹の手をかわした。ここら辺りはさすがに幽霊である。

「返せっ！」

「鬼《おに》さんこちら、手の鳴る方へ――」

ちと古臭《ふるくさ》いからかい方でひょいひょいと優樹の追求をかわしていく詩月。

だが優樹もさすがに途中《とちゅう》から本気で腹を立て始めて容赦《ようしゃ》なく彼女に飛びかかっていく。

逃《に》げる詩月。追う優樹。

二人の教室内での追い駆《か》けっこはしばらく続いた。

そして――

「こっちだよーっ……て」

言って踏《ふ》み出した足が予定外の高さで引っ掛《か》かって、詩月はバランスを崩《くず》した。二人して追いかけっこをしている内に、優樹や詩月が押したり蹴り飛ばしたりしていた椅子の一つが、彼女の脚《あし》に引っ掛かったのである。

「とととっ⁉」

よろける詩月。

そこへ優樹が飛びかかり――

「――あ」

優樹の伸ばした手は中途半端《ちゅうとはんぱ》に詩月の手に届いた。

つまり――彼女の手を摑《つか》む事無く、ただ指先がそれを押しただけ。

たまたま開き掛けていた彼女の掌から、予定外の勢いを加えられたフィルム・ケースは浮《う》かび上がり――

「ああっ⁉」

そのまま開け放たれていた窓を抜《ぬ》けて落下した。

先程《さきほど》優樹自身が開いた――三階の窓から。

フィルムを納《おさ》めた半透明《はんとうめい》のケースは、緩《ゆる》やかな放物線を描《えが》いて落下していき……神の意志か悪魔の偶然《ぐうぜん》か……学校の裏手に設《もう》けられていた池の中に、ささやかな飛沫《しぶき》を散《ち》らして消えた。

「あー………」

二人して窓から身を乗り出し、呆然《ぼうぜん》と下を見る。

共に固まる事――およそ十秒。

「……落ちちゃった」

呟《つぶや》く詩月。

優樹は……無言《むごん》。

その意味に気付いたのだろう――詩月は恐《おそ》る恐るといった様子で隣《となり》の優樹を振《ふ》り向いた。

「あ……あの……ええと」

「…………」

優樹の横顔が――硬《かた》い。

彼は表情を強張《こわば》らせたまま波紋《はもん》の消えていく池を眺《なが》めていたが……

「…………」

「あ……あのさ。ええと、その……そう、また撮《と》ろう！　ね？　撮るのを口実にしてデートになんか誘《さそ》ったりして！　ほら……あ、でも出られないんだった。ええと、あの、その、ええと、ええと、そう、ほら、私で良ければ、ね？　同じ詩月だし……って、あはは……は……は……」

引きつり気味《ぎみ》に言い募《つの》る声が次第《しだい》に勢いを失《うしな》っていく。

だがやはり優樹は無言。

「……………駄目《だめ》？」

遂《つい》に言葉も尽《つ》きて……上目遣《うわめづか》いに尋《たず》ねる詩月。

「…………」

優樹は黙《だま》って窓から身を離《はな》すと、無表情に机の上に散らばっていた品を鞄《かばん》に詰《つ》め直していく。詩月は続ける言葉も無いままにそれを見守るしか出来ない。

そして……

「……ゆ……優樹？」

「帰る」

優樹はぼそりと言った。

「――え？」

「帰る。絶対に帰る」

優樹は低い低い口調で――しかしぎりぎりまで何かを引き絞《しぼ》っている声で言った。

「絶対に帰る。こんな処《ところ》、絶対に出て行ってやる!!」

そう言うと彼は荒《あら》い足取りで詩月に背中を向けて歩き出す。

「ゆ……優樹、ちょっと」

慌《あわ》てて掛ける声にしかし応じる声は無く、隔壁《かくへき》の如《ごと》くぴしゃりと音を立てて扉《とびら》が閉まる。

「…………」

一人教室に残された詩月は……ただただ呆然《ぼうぜん》と扉を見つめるしかなかった。

第参章　白い虚無の平面で

春香《はるか》と夏輝《なつき》と秋菜《あきな》と冬美《ふゆみ》。

この四人はいつも楽しげである。四人一緒《いっしょ》にきゃいきゃいと騒《さわ》いでいるのが常《つね》で、死んでいる癖《くせ》に妙《みょう》に明るい。世間一般《せけんいっぱん》の『幽霊《ゆうれい》』のイメージに真《ま》っ向異《こうい》を唱《とな》えるかの様な存在である。

もっとも此処《ここ》は鈴乃宮学園《すずのみやがくえん》である。

学校が幽霊となって構築《こうちく》した異世界。此処でも其処《そこ》でも彼処《あそこ》でもない場所。そもそも世間の常識や条理が通用《つうよう》する場所ではない。

「でもさあ。学園生活を開始するに当たってこれはどうかと想《おも》うわけよ。私としては」

自分のセーラー服をつまみながら春香が言った。

「これって？」

「制服よ制服。いくらなんでも旧《ふる》くない？」

「なんかまずいかなあ？」

「うわっ。冬美ってば保守的」

「えッ？　そ――そうなの？」

「まあ私らの時代はこれが標準だった訳だけど」

「また秋菜は。覚えてない癖《くせ》に」

「まあそうなんだけどさ」

「でももうちょっと可愛《かわい》い系とかになんないかなあとか」

「あー。それは思う思う」

「たまに混線《こんせん》してくるテレビ電波とか見てるとそうは思うかも」

「見てると可愛い制服多いもんねえ」

などなど。

他愛《たあい》も無い話をしつつ、他《ほか》には何をするでもなく、彼女等《ら》はいつも学園の中をどこぞのオランダ人《ダッチマン》の如《ごと》く徘徊《はいかい》していたりする。まあこういう部分は幽霊っぽいと言えば幽霊っぽい。

四季少女達《シーズン・シスターズ》は校舎の中を歩きながら下駄箱《げたばこ》の並ぶ正面玄関《げんかん》にさしかかる。

ふと――

「――あれ？」

春香が玄関のすぐ外で自転車に跨《また》がろうとしている少年の姿を見つけて声を上げた。

言うまでもなく長居《ながい》優樹《ゆうき》である。

現在この校舎の――というかこの閉鎖《へいさ》世界《せかい》の中に『少年』は彼しか居ない。

「優樹君だ」

「おーい」

「おーい」

「優樹君やーい」

少女達は手を振《ふ》りながら優樹に向かって存在をアピールしたりする。

だが……

「…………」

優樹はちらりとそちらを見て……しかしすぐ視線を逸《そ》らす様にして元に戻《もど》す。

彼はそのまま無言《むごん》で自転車に跨ると校門に向かってこぎ出した。

「おーい……って」

「うわっ。無視《むし》だ無視」

「いじめね。これはいじめ？」

「嬉《うれ》しそうに言うんじゃないわよ」

「だってえ。いかにも今風って感じするじゃない？」

「いじめって複数が一人にするもんじゃなかったっけ」

「単にあんたが嫌《きら》われてるだけじゃないの？」

「私何かしたかなー」

「嫌《いや》がってるのに腸《ちょう》とか触《さわ》らせてたじゃん」

「嫌がってたかなあ」

「っていうかそっちの方がいじめなんじゃゃ？」

とか何とか囀《さえず》り合う少女達。

そんな中——

「でも……」

冬美が小さくなっていく優樹の後ろ姿を見つめながら呟《つぶや》いた。

彼は真っ直《す》ぐ校庭を横切って校門に達し——そしてそのまま開かれた門をくぐり抜《ぬ》けて敷地《しきち》外《がい》へと出ていく。無論、この世界が詩月《しづき》の霊体と認識《にんしき》で構成されたある種の内面世界《インナースペース》であると思われる以上、校門の外も敷地と言えなくもないのだが……

「優樹君、何処《どこ》に行くつもりなんだろ？」

「なんにもないのにねえ」

そう。

校門の外には何も無い。ただ無意味に白い平面が無限に広がっているだけだ。だからこそ冬美達も校門の外に関してはあまり『校内』とか『敷地内』という印象が無い。殆《ほとん》ど『無いもの』として意識していないのである。

「…………」

首を傾《かし》げる少女達の視線に見送られながら——白い虚無《きょむ》を走る優樹の姿はゆっくりと小さくなっていった。

◇　◇　◇

詩月は途《と》方《ほう》に暮れた表情で池の側《そば》に立っていた。

フィルム・ケースが見つからないのだ。

「……どうしよう………」

呟いて溜《た》め息《いき》をつく。

一応はプラスチックのケースに密封《みっぷう》状態で入っていたから、蓋《ふた》さえきっちり閉《し》まっていれば中のフィルムは水に触《ふ》れていない可能性が高い。それならばケースごと回収《かいしゅう》して乾《かわ》かせば中身は無事《ぶじ》に取り戻《もど》せる筈《はず》である。

だが……それは『蓋さえきっちり閉まっていれば』の話である。

そして蓋さえきっちり閉まっていれば、それは気密《きみつ》が保《たも》たれているという事であって、フィルム・ケース程度のものであればその気密性は浮力《ふりょく》となってケースを水面に浮《う》かせてくれる筈なのである。

だが水面を見回しても何処にもケースは浮かんでいない。

これはつまり……落ちた際の衝撃《しょうげき》でケースの蓋が開いてしまったという事ではないか。

ケースの蓋はぴっちりと閉められていたものの、三階の窓から落下したとなると、水面はそれなりの硬《かた》さで以《もっ》て落下物を迎《むか》える。衝撃で歪《ゆが》んだケースから蓋が弾《はじ》け飛んでしまうという可能性は充分《じゅうぶん》にあった。

つまり……

「………どうしよう……」

あのフィルムは――フィルムの中に封《ふう》じ込められていた情景は永遠に喪《うしな》われたと考えるべきだろう。

無論、同じ被写体《ひしゃたい》を撮《と》る事はこれからも可能だ。だが流れる時間の中で同じ一瞬《いっしゅん》は二度と巡《めぐ》ってこない。決して時間は繰《く》り返したり遡《さかのぼ》ったりはしない。だからあのフィルムの中身と全く同じものはもう決して手に入らない。

それはつまり……詩月にとって優樹との仲直りの機会が永遠《えいえん》に失《うしな》われたという事だった。

まだフィルムが無事であるならばそれを返して一生懸命《いっしょうけんめい》謝《あやま》れば、優樹は許《ゆる》してくれるかもしれない。だがフィルムが事実上喪われてしまったとなれば、詩月には謝るきっかけさえ摑《つか》めない。たとえ摑めたとしても優樹は許してくれない気がする。

喪われてしまったものは決して元には戻らない。

その事を詩月はよく知っている。恐《おそ》らくは誰《だれ》よりもよく知っている。だからこそ彼女は今此処《ここ》にこうしてこんな姿を——浅ましく情《なさ》けない姿をさらしているのだ。

そうだ。時間は元には戻せない。

世界は取り返しのつかない失敗であふれている。

残酷《ざんこく》な様だが至極《しごく》当たり前の——それは真実。

だから詩月は池の前で立ち尽《つ》くすしかなかった。

しかし……

「……どうしたんですか？」

掛《か》けられた声に振り返るとそこには本町《ほんまち》小竹《ささ》乃《の》の姿が在った。

珍《めずら》しい事ではある。

元医者という経歴《けいれき》の彼女は、鈴乃宮学園に来てからは当然の如《ごと》くに保健室を自分の居場所と定《さだ》めたらしく、大抵《たいてい》はそこに居てぼーっとしているだけで、食事やトイレに行く以外は滅多《めった》に出てこない。もっとも閉《と》じこもっているという印象は無く、呼《よ》べば普通《ふつう》に出てくるし、詩月や四季少女達が訪《おとず》れると普通に応対したりもするので、単に他の場所でもする事が無いから保健室に居るだけなのだろう。

「えっと……あの」

詩月は困惑気味《こんわくぎみ》に言葉を濁《にご》す。

「ああ——」

詩月の様子をどう思ったのか、小竹乃は背後を振り返りながら言った。

「保健室の窓から詩月ちゃんが歩いていくのが見えたんですが」

言われてみれば確かに一階の保健室の窓からもこの池付近の景観《けいかん》は見る事が出来る。

「なんだか深刻《しんこく》そうな顔をしていたので——」

「…………」

「最近の学校では生徒の心の悩《なや》みに対するケアも重要視《じゅうようし》されていて、保健室がその相談窓口になっている事も多いみたいですし。まあ私はセラピストの資格は無いですが」

「……私も生徒じゃないけどね」

と力無く苦笑《くしょう》する詩月。

「人間でもないし」

「似たようなものでしょう。人間は感情移入《かんじょういにゅう》が好きな生き物ですから、それが人形だとか縫《ぬ》いぐるみだと分かっていてもそれを『モノ』だと割り切る事が出来ないんですよ。何かが女の子の形をしていれば、そこには女の子の心が在るのだと思ってしまうものです」

「……そうなんだ」

「ええ。ただのいい加減《かげん》な思い込みですけどね」

と小竹乃。

彼女はのんびりおっとりした口調で付け加えた。

「でも――そういう人間のいい加減さが結構私は好きだったりしますが」

「…………」

詩月は眼《め》を瞬《まばた》かせて小竹乃を見る。

小竹乃が鈴乃宮学園に来てから――取り込まれてから半年余《あま》りになるが、実のところ詩月は未《いま》だにこの小竹乃がどういう人物なのか摑《つか》み切れていない処《ところ》が在る。ぼんやりしているのかと思えば怖《こわ》い位に目端《めはし》が利《き》いている事が在るし、身も蓋《ふた》も無い台詞《せりふ》を吐《は》くかと思えば同じ口でとても優《やさ》しい事を言う。

恐らくは外見に似合わず結構な人生経験をつんでいるのだろう。

「詩月ちゃんがどうして人間の形を持っているのかは私は知りませんけれど。でも女の子の姿をしたあなたがなんだか深刻《しんこく》そうな顔をして池を見つめている——それを見て何の心配や不安も感じない人間ではいたくないと私は思います」

「……ありがと」

「どういたしまして」

小竹乃は柔《やわ》らかに微笑《ほほえ》んだ。

「で——どうしたんです？　言いたくなければ無理にとは言いませんが」

「ん……ええと」

呟《つぶや》いて周囲を見回す詩月。

殊更《ことさら》に秘密にするつもりも無かったのだが……野外でする話ではない様な気もする。

「ここで立ち話も何ですね。保健室に来ますか？」

「……うん」

詩月は頷《うなず》いた。

◇　◇　◇

老婆《ろうば》に道端《みちばた》で声を掛けられた。

確かあれは優樹が小学校六年生の時の事である。

季節は確か冬。街の中ではクリスマス・ソングが流れていた事を思えば十二月の半《なか》ばを過ぎていたのかもしれないが、細《こま》かい事は覚えていない。

友達の家に遊びに行った帰りに優樹はその老婆と出会った。

小柄《こがら》で腰《こし》が曲がっていて、着ているものも薄汚《うすよご》れていて、何というか——ただ見ているだけで憐憫《れんびん》の情を催《もよお》さずにはおれない姿だった。

老婆は『財布《さいふ》を落として困っているからお金を貸《か》して欲《ほ》しい』といった。帰ろうにもバス代すら無いという。

それは大変だろうとお金を財布から出そうとした優樹に老婆は更に言った。

『寒いから帰りにうどんを食べたい』と。

確かに季節は冬だ。寒い。老婆の着ているものも防寒用途《ぼうかんようと》としては少々不十分な代物《しろもの》に見えた。はっきり言えば殆《ほとん》どボロ布だった。

だから——優樹は老婆に千円札を渡《わた》した。

月の小遣《こづか》いが三千円だった当時の彼にしてみれば少なくない金額だったが、後で返してくれると言うし、老婆が可哀想《かわいそう》だった。自分が老婆の立場ならそうして欲しいだろうなあ、と思う事を彼はした。

だが。

当然といえば当然だが……後で優樹は両親に叱《しか》られ、同級生には馬鹿《ばか》にされた。

全部嘘《うそ》だったのだ。そもそも一定年齢《ねんれい》以上の高齢者は市関係の交通機関は大概《たいがい》が無料である。交番に行って事情を話せばお金も貸してくれる。大体、財布を無くして途方《とほう》に暮れている人間が『うどんを食べたい』などと暢気《のんき》な事を言い出す筈《はず》も無い。

当然、老婆の言った電話番号も住所も嘘っぱちで、優樹の千円は戻《もど》ってくる事など無かった。要するに優樹は『人の善さそうな間抜《まぬ》け』としてカモられたのだ。

確かに優樹の行動は間抜けだったろう。今自分で思い出しても恥《は》ずかしい。

ただ――

『いいんだよ』

祖母は微笑んで言った。

『そこでそのお婆さんを疑《うたが》ってお金を渡さない孫より、騙《だま》されてお金を渡しちゃう様な孫の方が私は誇《ほこ》らしいよ』

祖母のそんな言葉も当時の優樹にはあまり慰《なぐさ》めにはならなかった。
そして――

◇　◇　◇

眼前に広がるのはひたすらに白い白い平面。

右側に広がるのもひたすらに白い白い平面。

左側に広がるのもひたすらに白い白い平面。

背後に広がるのも――鈴乃宮学園を除《のぞ》けばひたすらに白い白い平面。

行けども行けども何も無い。

ここまで何も無いと感覚さえもがおかしくなってくる。延々《えんえん》と自転車を漕《こ》いでいるというのに一ミリも動かずその場にとどまっているかの様な……まるで自転車型健康器具の上でペダルを踏《ふ》んでいるかの様な違和感《いわかん》が在《あ》るのだ。比較《ひかく》対象するものが――つまり自己《じこ》の位置を確認《かくにん》する為《ため》の基準点が鈴乃宮学園しか無いので、背を向けて走っている間は全く風景が変化せず、視界そのものが停止して見えるのである。

もっとも色合いは時間の経過と共に緩《ゆる》やかに変わっていく。

雲一つ無かった青空はそろそろ夕焼けの色に染《そ》まりつつあった。

「……くそっ」

呻《うめ》いて優樹はブレーキをかけた。

スタンドを降ろして自転車から降りると……崩《くず》れ落ちる様に地面の上に腰を下ろした。

疲《つか》れた。とにかく疲れた。

間に挟《はさ》んだ数分ずつ数回の休憩《きゆうけい》時間を除《のぞ》けば、もう五時間は走ったろうか。

ひたすら起伏《きふく》の無い水平面が在るだけなので、比較的軽い力で自転車は前に進む。だが
移動距離《きより》を実感できないのが焦《あせ》りを生み、つい必要以上に力んでペダルを漕《こ》いでしまう。

その結果としてスピードは出るのだが、あくまで風を切る感覚でしか移動を実感出来ず、視覚の認識とのズレから『こんなに漕いでいるのに』と益々焦燥感《ますますしようそうかん》は募《つの》り……という悪循環《あくじゆんかん》である。

気が付けば優樹は限界まで体力を消耗《しようもう》していた。

「うーん……」

特に汚《よご》れている様にも見えないので優樹は地面の上に両手両足を投げ出して寝転《ねころ》んだ。

今まで身体《からだ》を動かしていたが故《ゆえ》に、半《なか》ば無視できていた疲労感《ひろうかん》が一気に全身に広がって
いく。しばらくは指一本動かしたくない感じだった。

「本当に……果てが無いのか……？」

呟《つぶや》いて——我ながら愚問《ぐもん》だと思った。

呟いて優樹はちらりと眼《め》だけを動かして鈴乃宮学園の方を眺《なが》める。

唯一《ゆいいつ》、優樹が移動距離を実感出来る対象が、その学園校舎の『大きさ』だった。何処《どこ》まで行っても周囲の光景は変化しないが——校舎だけは少しずつ小さくなっていく。これで何とか優樹は自分が進んでいる事を……あの不愉快《ふゆかい》な場所から少しでも離《はな》れているのだという事を認識《にんしき》する事が出来た。

もっとも……それと同時にもう一つ認識せざるを得ない事実がある。

校舎が小さくはなっていくのだが、地平線の向こう側に『沈《しず》んで』いかないのである。

平均時速二十キロで走ったとしても走行時間五時間であれば、直線距離にして百キロ。

地球の直径が約四万キロである事を思えばおおよそ四百分の一。もし直線距離でこれだけ移動すれば、地球は丸いので、少しは校舎が地平線の向こう側に『沈む』筈なのである。

ところが校舎は優樹の視界の中で小さくはなるのだが、決して沈みはしない。こんなに離れていても校門やその周りの塀《へい》の下端《かたん》が見えるのである。

これはつまり……此処《ここ》が『地球上ではない』という事を示《しめ》している。

少なくともこの優樹が寝ころぶこの平面が『超巨大《ちょうきょだい》な球体の一部なので平面であるかの様に錯覚《さっかく》する球面』ではなく『本当に完全な平面』だという事だ。

そしてそれは同時にもう一つの憂鬱《ゆううつ》な事実を突《つ》き付ける。

自転車で到達可能《とうたつかのう》な距離にもし『出口』なり『果て』なりが何処《どこ》かに在るのならば、見えていない筈が無いのだ。小さすぎて『見えていると認識できない』という事は在るかもしれないが、それが地平線の向こうに隠《かく》れてしまうという事は有り得ない。

詩月や小竹乃の説明を全く信じていなかった訳でもないのだが、こうはっきりと事実として状況《じょうきょう》を突き付けられるとへこまざるを得ない。

冷静《れいせい》に考えれば優樹は戻《もど》るべきだろう。

しかし――

「……くそっ」

優樹は忌々《いまいま》しげに吐《は》き捨てた。

あの学園には戻りたくない。

詩月の無遠慮《ぶえんりょ》な行動に腹が立ったのは事実だ。

だがあれはきっかけに過ぎなかった。

元々幾《いく》種類かの不満が彼の中で鬱屈《うっくつ》していたのだ。それは元々はひどく曖昧《あいまい》なもので彼自身がはっきりと意識していなかったものでもあるが――だからこそ解消《かいしょう》される事も無く彼の中で沈殿《ちんでん》を続けていたものだった。それが詩月との一件で一気に表面化してきたのである。

そもそも優樹がこの学校で幽霊《ゆうれい》達に混じって学園生活の真似事《まねごと》をしてやる義理など何処にも無い。こんな非常識な世界に優樹が留《とど》まらねばならない理由は無いのだ。帰る場所の無い幽霊達はともかくとして、普通《ふつう》の人間ならば元の世界に帰ろうとするのは当然である。

無論……詩月達には詩月達の事情が在るのだろう。

優樹が此処に来た際の少女達のはしゃぎようは本物としか思えなかったし、人間の優樹にとっては無意味でも、彼女等《ら》にとって『学園ごっこをする』事には優樹の思っている以上の切実な意味が在るのかもしれない。

だが――

「……僕の知った事じゃない」

優樹は自分に言い聞かせる様に呟《つぶや》いた。

もう誰《だれ》にも遠慮《えんりょ》などしない。したくない。

『優《やさ》しい』と言われて喜んでいた自分が馬鹿《ばか》みたいだった。それは今の優樹に言わせれば自分の臆病《おくびょう》さや愚鈍《ぐどん》さを誤魔化《ごまか》す為の便利な言葉でしかなかった。単に勇気が無い事を『優しさ』なのだと自分に言い聞かせて、お互《たが》いに傷つかずに済む様な、当たり障《さわ》りの無い人間関係を心掛《が》けてきた。自分の間抜《まぬ》けぶりを『自分は優しいから』と誤魔化して正当化してきた。

彼女の事にしてもそうだ。

何年もの間、自分の気持ちを彼女に告白しなかった。『彼女を悩《なや》ませたり困らせたくない』と自分を欺《あざむ》いてきたが、何の事は無い、実際にはただ振《ふ》られるのが怖《こわ》かっただけの事だ。自分が彼女を異性として好きでも彼女も同じだとは限らない。それを確認するのが怖かった。自分が下手《へた》に確認して気まずくなったりするのが怖かった。だから『優しい自分』を言い訳にして事を曖昧《あいまい》なままにしてきた。

その結果……優樹の元に残ったのは重苦しい失恋《しつれん》の落胆《らくたん》と後悔《こうかい》だけである。

我《われ》ながら自分の道化《どうけ》ぶりには涙《なみだ》が出る。

優しさなど何の意味も無い。

思えばこんな事は優樹の人生で珍《めずら》しくなかった様に思う。

優しいと流される。優しいとつけ込まれる。優しいと利用される。優しいと誰かに大事なものをかっさらわれた挙《あ》げ句《く》に置き去りにされてしまう。優しい事で得られるものなど無い——少なくとも優しいというだけの事実には何の価値《かち》も無い。せいぜいが自分自身を欺いて己《おのれ》の臆病さや愚鈍さと向き合わずに済《す》む——その位だ。

だから……

「……帰るんだ」

更《さら》に言い聞かせる様に呟《つぶや》く。

そうだ。帰るのだ。

帰れるかどうかは問題ではない。帰ろうとする意志を貫《つらぬ》く事が重要なのだ――今の優樹にはそんな風に思えた。つまらない遠慮や気遣《きづか》いで意志を曲げてはいけない。『優しい』などという言葉で自分を誤魔化してはいけない。我《わ》が儘《まま》である事も勇気なのだ――

無論、優樹自身は気付いていない。

今の彼は何かの真実に開眼したのではなく、単に意固地《いこじ》になっているだけだ。強引《ごういん》な理屈《くつ》を取り繕《つくろ》ってはいるものの、それは信念などではない。百貨店で『ママあれ買って！』と手足をばたつかせる幼児と事実上は大差無《たいさな》い。

だが彼に較《くら》べて何年も人生経験を積んだ大人でさえ、時にはこの陥穽《かんせい》に落ちる。未《ま》だ十六歳《さい》の少年に、それに気付く程《ほど》の冷静さや自己洞察能力《どうさつのうりょく》を求めるのは酷《こく》というものだろう。

ただ……

「……帰る……帰る場所……か」

優樹が居なくなって父親や母親は心配しているだろう。未だ一日帰っていないだけだから捜索願《そうさくねがい》までは出ていないかもしれないが、気にしていない訳が無い。決して子供の面倒《めんどう》見《み》が良い親とは言えないが、放任《ほうにん》主義は無責任や冷酷非情《れいこくひじょう》の同義語では決してない。

祖母は両親よりももっと心配してくれているだろう。

そして――彼女はどうだろうか。

自分が居なくなったら心配してくれるだろうか。

するだろう。知り合いが行方《ゆくえ》不明になったのなら心配するに決まっている。そういう誰に対してでも分け隔《へだ》て無く優しい彼女が彼は好きだった。

けれど……それだけだ。

優樹が居なくなったところで彼女の人生がそう変わるとも思えない。

彼女にしてみれば、ただ『近所に住んでいた幼なじみの男の子が行方不明になった』だけの事である。心配はするだろう。優樹の家を訪《おとず》れて両親や祖母を慰《なぐさ》めたり勇気づける事だってするかもしれない。だが――だからといって自分の生活を投げ出してまで捜《さが》そうとはしないだろうし、結婚《けっこん》を取りやめる事もないだろう。彼女には彼女の人生が在《あ》って、その中で優樹が占《し》める割合はそう多くない。まして彼女の中に在る一番大きな指定席は別の男が座《すわ》っている。

「……元々他人だもんな」

と呟いてみる。

自ら発した筈《はず》の言葉なのにそれはやけに痛かった。

「くそっ……」

未練《みれん》たらしい。情けない。

自分でもそう思う。好きな人の幸せを心から喜んでやれる位の器量《きりょう》が在れば良かったのだろうか。それなら彼女は自分を選んでくれただろうか――

「……はは」

自嘲《じちょう》の笑《え》みを浮《う》かべる優樹。

駄目《だめ》だ。どうしても無意味な想像ばかりが頭の中を回っている。

出来るだけ何も考えない様にしながら、優樹はゆっくりと夜の色に染まっていく空をぼんやりと眺《なが》め続けた。

◇　◇　◇

保健室は学校設備の中では用務員室と並んで『住む』事も可能な部屋の一つである。ベッドも水道もガスも電気も来ている。この為《ため》、小竹乃は事実上此処《ここ》に住んでいた。自称《じしょう》・幽霊《ゆうれい》の彼女にとって水道やら電気やらガスやらが――いや、そもそもベッドさえ必要かどうかは疑問《ぎもん》の残る処《ところ》ではあったが。

ちなみに元々この鈴乃宮学園には電気も水道もガスも無かった。在ったのは校舎裏の井戸《いど》だけである。それがこうして今では電気もガスも水道も何処からか供給されているのはそれを鈴乃宮学園が——詩月が『そういうものが在る』と認識《にんしき》したからに他《ほか》ならない。もっともこれまた空間封鎖《くうかんふうさ》と同様に彼女が理解しきれないものや、理解していても何故《なぜ》か出せないものも在って、どうにもままならぬ部分は残るのだが。

「……なるほど」

一通りの事情を聞いた後——小竹乃は立ち上がった。

小竹乃は保健室の奥《おく》に在った冷蔵庫を開けると、そこから瓶《びん》を一本取り出した。瓶の中には昨日の晩に沸《わ》かした麦茶《むぎちゃ》が入っている。それを二つの湯飲みに注いでから彼女は瓶を冷蔵庫に戻した。

この世界に在る物質は全《すべ》て詩月が作り出したものだ。言うまでもなくこの麦茶も冷蔵庫も詩月によって生み出された。といっても実際にその現場を小竹乃が見た訳ではない。たまたま小竹乃が麦茶の話を詩月にしたその翌日——いきなり竹の子が生えるかの様に保健室に出現していたのである。

「どうぞ」

「……ありがと」

手渡《てわた》された湯飲みを受け取る詩月。

彼女は薄《うす》い波紋《はもん》を描《えが》く麦茶の表面を見つめながらふと思い出したかの様に言った。

「どうしよう……？」

「どうしたいですか？」

小竹乃が尋《たず》ねる。

「……え？」

「どうすれば良いか――では答えは出ない事も多いですよ。神《かみ》ならぬ身ですから絶対の正しさなんか私達には手に入れられません。まして、正しいと分かっていたとしても出来ない事は在ります。人間は無論《むろん》――生きる事も死ぬ事もままならぬ身の我々は尚更《なおさら》に、出来る事はそう多くありません。ならば出来る範囲《はんい》の中で自分がどうしたいかを考えた方がまだ建設的かと思いますが？」

「……そうかな」

「私はそう思いますが」

「うーん……」

詩月は困惑《こんわく》の表情で呻《うめ》いた。

「単に優樹君をこの『学園ごっこ』の駒《こま》として確保《かくほ》しておきたいというだけならば何もす

る必要は在りません。彼は此処から出られない。意地を張《は》ったまま餓死《がし》する程《ほど》の偏屈《へんくつ》な人間にも見えませんでしたから、一週間もしない内に戻っては来るでしょう。ひょっとしたら体力が尽《つ》きて倒《たお》れているかもしれませんが、その場合は強制的に連れ帰ってくれば良いだけの事ですし」

「………」

「彼は好む好まざるにかかわらず此処で『学園ごっこ』を手伝うしかないんです」

「でも……」

「それでは納得《なっとく》出来ない？」

「……うん。多分」

詩月は頷《うなず》いた。

「ではどうしたいのですか？　彼と仲直りがしたい？」

「……そう思う」

「でもその方法が分からない？」

「うん……」

「なるほど」

小竹乃は一口麦茶を啜《すす》ってから言葉を続けた。

「詩月ちゃんが池の処に居たのは問題のフィルムを探しての事ですか？」

「そう。でも……水に浸《つ》かったフィルムじゃ仲直り出来ないよね？」

「密閉型のケースに入っていれば水に触《ふ》れていない可能性は高いですが」

「でもそしたら浮《う》かんでいる筈でしょ？」

詩月は溜《た》め息《いき》をついた。

「水面にはそれらしいものが無いの。だから多分……落ちた時の衝撃《しょうげき》で蓋《ふた》が開いちゃったんだと思う」

「まあその可能性は在《あ》りますが」

「だからもう優樹は許《ゆる》してくれないいんじゃないかって……」

言って詩月はうつむいた。

いつもの明るい彼女からすれば別人とも言える様な落ち込み様である。

あるいは——これが詩月本来の姿なのかもしれない。

未練《みれん》や後悔《こうかい》が無ければ幽霊にはならない。それが彼女という存在の核心《かくしん》部分である以上、いつもの明るさは取り繕《つくろ》われたもの——という可能性も在る。真実がどちらなのかは詩月本人にも分かっていないかもしれないが。

「しかしそれは謝《あやま》り方次第《しだい》では——という気もします」

「でも……」

詩月はきゅっと湯飲《ゆの》みを握《にぎ》りしめながら言った。

「……元々……優樹は此処を出て行きたがってたし……此処が……私が嫌《きら》いなのかもしれないし……」

「かもしれませんね」

あっさりと小竹乃は頷《うなず》く。

詩月はぴくりと身を震《ふる》わせる。

あるいは彼女は『そんな事は無い』と否定の言葉を期待していたのかもしれない。

しかし——

「ああ——ごめんなさいね」

小竹乃は苦笑《くしよう》して言った。

「悪気は無い……って言っても言い訳にはなりませんね。私——その場凌《しの》ぎの慰《なぐさ》めはしない主義なんですよ。当たり障《さわ》りの無い言葉や、心にも無い言葉を積み重ねていたら、いつか決定的な何かを見失ってしまうから」

「………」

詩月は顔を上げて小竹乃を見つめる。

小竹乃の言葉には——何かひどく重いものがあった。恐《おそ》らく彼女にとってそれは実体験に基《もと》づくものなのであろう。それがどんな体験であったのかは分からないが。

「……やっぱり」

しばし考え込む様な表情を見せた後——詩月はぽつりと呟《つぶや》く様に言った。

「私って酷《ひど》い事してるのかな」

「何を今更《いまさら》」

小竹乃の台詞《せりふ》には確かに意味の無い慰めなど無かった。

「『学園ごっこ』を提案《ていあん》したのは私ですが——そもそも此処《ここ》は貴女《あなた》の心が反映《はんえい》した世界です。この世界が作られたのも、私達が取り込まれたのも、出ていく事が出来ないのも、全《すべ》て貴女が心の底でそう望んだから。巻き込まれた者としては望まずして貴女の我《わ》が儘《まま》に付き合わされている事になります」

「……そうだよね」

詩月は呟く様に言った。

「特に優樹君の場合は……私達と違《ちが》ってはっきりと帰るべき場所が在りますから。帰りたいと思うのは当然ですし、それを妨害《ぼうがい》されれば反感《はんかん》を持って当然でしょう」

「帰るべき場所……」

まるで初めて聞く異国の言葉の様に舌《した》の上でその語を転《ころ》がす詩月。

小竹乃は麦茶を啜《すす》ってから再び言葉を続けた。

「元より私達幽霊には帰るべき場所なんてありません。紅葉《もみじ》ちゃんにしてもそれは同じでしょう。元々狐《きつね》は集団生活をしませんし……育ちが育ちなので彼女はもう狐本来の世界には戻《もど》れない。彼女も此処以外に行く場所が無いんです。そういう意味では結局のところ、此処を出て帰らなければならない場所が在るのは、今のところ優樹君だけです」

「そっか……そうだよね」

詩月は溜め息をついた。

「ひょっとして……小竹乃さんも私が嫌い？」

「いいえ」

はっきりと小竹乃は首を振《ふ》った。

「前に言いませんでしたか？　私は貴女に感謝しているんですよ？」

「……………でも」

「確かに私は何度か此処からの脱出《だっしゅつ》を試《こころ》みたりもしましたが、これは純粋《じゅんすい》な興味《きょうみ》からです。またこの状況《じょうきょう》を終わらせる為《ため》の手段として『学園ごっこ』を提案したのも事実ですが、これは貴女の望《のぞ》みに明確《めいかく》な形を与《あた》えただけの事であって、私の希望ではありません」

「…………」

「確かにこの世界は貴女の未練《みれん》と無念《むねん》が作り出した。それに他人を付き合わせるのは貴女の我《わ》が儘《まま》でしかない。ですがそれは第三者の視点で見た話でしょう。当事者達の間には当事者だけの真実もあります」

「どういう事？」

首を傾《かし》げる詩月に——小竹乃は優《やさ》しい笑《え》みを浮《う》かべて言った。

「付き合わされる側もそれを望んでいたとしたら？」

「——え？」

「この世界に閉じ込められる事に反発を覚える者は当然居るでしょう。でも……それを救《すく》いと感じる者も居るという事です」

「…………」

「此処はあの世界とは違うから」

歌う様に小竹乃は言葉を紡《つむ》ぐ。

「どうしようもなく広くて豊かで美しくて——だからこそ冷酷《れいこく》で残忍《ざんにん》で容赦無《ようしゃな》い現実とは異なる場所だから。あの世界に自分の居場所を求められなかった者にも存在を許してくれる場所だから。ここは——優しい偽《いつわ》りで出来た世界だから」

「……小竹乃さん」

詩月はしばし小竹乃を見つめ——

「そういえば……小竹乃さんってどうして死んだのか聞いてなかったね」

「ですね。喋《しゃべ》った覚えはありませんから」

「……自殺？」

「いいえ」

小竹乃は首を振り——緊張感《きんちょうかん》を欠《か》いた声でさらりと言った。

「他殺《たさつ》です」

「詳《くわ》しく聞いてもいい？」

「お断りします」

微笑《びしょう》は変わらず——しかしはっきりとした口調で小竹乃は言った。

詩月が少し驚《おどろ》いた表情を浮かべて固まるのを見て、小竹乃は苦笑《くしょう》混《ま》じりに付け加える。

「ああ……ごめんなさい。でも少なくとも今は誰《だれ》にも言いたくありません。物凄《ものすご》く苦しくて辛《つら》くて……想《おも》い出すのも辛いです。ちらとでも考えるだけでもう一度死にそう」

自分の胸元《むなもと》を押《お》さえる小竹乃。

「そういう意味では……私は自殺したのかもしれませんね。殺されて死んでしまう前に、全《すべ》てを受け入れて理解してしまう前に、私は私を殺したのかもしれません。目の前の現実を認《みと》めたくなくて。

そういう気持ちは詩月さん……いえ『鈴乃宮学園』の幽霊《ゆうれい》、貴女《あなた》にも嫌《いや》という程《ほど》分かるでしょう？」

「……そうだね。ごめん——嫌な事思い出させちゃった」

「いいえ。気にしなくていいですよ」

再び優しく柔《やわ》らかな微笑を浮かべる小竹乃。

「ともかく……」

小竹乃は湯飲みを机の上に置いて暗さを増した空を見上げる。

「この学園の幻影《げんえい》を見た時に手を出したのは——縋《すが》り付いたのは私です。無意識とはいえ選んだのは私。現実を認められなかった私です」

「それは……前にも聞いたけど」

「それがこの学園に来る条件なのだとしたら？」

「……え？」

「『此処《ここ》ではない何処《どこ》か』を望《のぞ》む気持ち。この学園の幻影に逃《に》げ込もうとする気持ち。それが此処に来る条件なのかも知れないという事です。だとしたら——優樹君とて心の何処かでは此処に来る事を望む気持ちが有ったのかもしれません」

「そ……そうかな」

「まあこれは希望的観測ですが」

小竹乃は小さく肩《かた》を竦《すく》めた。

「……ひょっとして慰《なぐさ》めてくれてる？」

上目遣《うわめづか》いにそんな事を尋《たず》ねる詩月。

「どうでしょうね？　何にしても『もう仲直り出来ない』と思うのは早計《そうけい》かと。無駄《むだ》に思えても、もう少し頭をひねって、身体《からだ》を動かして、頑張《がんば》ってみるのも悪くないのではないですか？」

「たとえフィルムが駄目になってても……？」

「ええ。未《ま》だ可能性は残っているかと。それも――色々なものが」

小竹乃はやはりのんびりと……しかし自信ありげな表情で言った。

◇　◇　◇

鈴乃宮学園を出て三日が経過《けいか》していた。

持参《じさん》したカロリーメイトはとっくに食べ尽《つ》くした。

当然ながら自転車を三日も漕《こ》ぎ続けているのだから消費《しょうひ》する体力はかなりのものになる。とてもではないが絶食状態《ぜっしょくじょうたい》で続けられる作業ではなかった。

では優樹が何故《なぜ》学園に戻《もど》らずに白い平面を意地になって進み続けていられるか。

それはちゃんと食料が供給《きょうきゅう》されていたからである。

「優樹、優樹。そろそろ帰らない？」

と――地面に座《すわ》った優樹の傍《かたわ》らで尋《たず》ねてくるのは紅葉《もみじ》だった。

詩月に輪《わ》を掛《か》けて無邪気《むじゃき》というか、まるで飼《か》い主《ぬし》にじゃれつく子犬の様な言動《げんどう》のこの狐《きつね》少女は、本当に屈託《くったく》の無い様子で優樹に話しかけてくる。優樹が不機嫌《ふきげん》だろうと何だろうとお構いなしである。少々鬱陶《うっとう》しいと思わないでもなかったが、それで彼女を怒《ど》鳴《な》りつけたりする気にはなれなかった。少なくとも紅葉には何の悪意も落度も無い。それどころか何も聞かずに、せっせと優樹に食料を届けてくれているのはこの狐少女なのだった。

気絶寸前《きぜつすんぜん》まで意地で自転車を漕ぎ続けて、休憩時《きゅうけいじ》には倒《たお》れる様にして眠《ねむ》って――気が付くと紅葉がにこにこしながら忠犬《ちゅうけん》の様に優樹の側《そば》に座っている。いつも通りに腹は減るので、優樹は仕方なく彼女の差し出すパンと牛乳を黙《だま》って食べ、飲み、疲労《ひろう》が幾分《いくぶん》とれたら再び自転車にまたがって走り始める――その繰《く》り返しである。

朝昼晩と総計十回もパンと牛乳が届けられているが、四度目からはクリームパン、コロツケパン、ジャムパンとバリエーションが出てきたのは有り難《がた》かった。さすがにヤキソバパンばかり毎食続《つづ》けば嫌《いや》になっていただろう。

何やら餌付《えづ》けされている様で——しかも狐に人間が——我《われ》ながら釈然《しゃくぜん》としないものが在《あ》ったが、腹が減《へ》っては意地の一つもはれない。詩月が持ってきていればさすがに食べる気にはならなかったが、紅葉がくれたのだと思えば多少は気持ちも収《おさ》まる。『このまま放《ほう》っておいて腐《くさ》ったらもったいないから』と自分に言い聞かせながら優樹はパンを腹に収めていた。この世界に『腐敗《ふはい》』という概念《がいねん》が有るのかどうなのかは疑問であったが。

ちなみに……相当な距離《きょり》を走っている筈《はず》なのだが、紅葉はどうやってか優樹の側と鈴乃宮学園を往復しているらしい。これが紅葉の妖狐《ようこ》としての能力なのか、詩月の計《はか》らいによるものなのかは分からないが。

「ねえってば。優樹、優樹。そろそろ帰ろうよう」

「一人で帰ればいいだろ」

重《かさ》ねて言ってくる紅葉に優樹は無愛想《ぶあいそう》な口調でそう答えた。

いい加減《かげん》、意地を張《は》るのも疲《つか》れてきたのは事実だが、だからといって帰ろうという気にもなれない。思い出せば思い出すだけ詩月の無神経な態度には腹《はら》が立つし、それ以上に自分の軟弱《なんじゃく》な性格に腹が立つ。

ここで戻《もど》ったら何かに負けてしまう様な気がした。

「詩月ちゃんも小竹乃さんも春ちゃん達も心配してるよう」

「知らないよ——そんな事」

言って食べ終わったヤキソバパンの袋《ふくろ》をたたむ。

「ごちそうさま」

「おそまつさまだよ」

にこにこ笑いながら紅葉が言う。

いつもならそのまま自転車にまたがる処《ところ》だが——さすがに疲労の蓄積《ちくせき》が一定限度を超《こ》えてきたか、身体《からだ》が全体的にだるい。優樹は地面に座ったまま溜《た》め息《いき》をついて空を見上げた。

「やっぱり果ては無いのかな」

「無いよ。多分《たぶん》」

と紅葉。

「あっさり言うな」

「でも事実だよう」

ぱたぱたと尻尾《しっぽ》を振《ふ》りながら——人間ならば両手を振っている様なものなのかもしれな

い——紅葉は言った。

「小竹乃さんも私も一度は試《ため》したんだもん」

「……そうなの？」

それは初耳だった。

「じゃあ君達も一度はここから逃《に》げようとしたの？」

「うん」

こっくりと頷《うなず》く紅葉。

「私は優樹と同じで生きてるし。小竹乃さんはよく分からないけど」

「……じゃあなんで」

「無理だと分かったからだよ。それに——」

言って——ふと底抜《そこぬ》けに明るい紅葉の表情に陰《かげ》りが生じる。

「どうしたの？」

「なんでもないよ」

「なんでもないって事はないだろ。どうしたんだよ？」

「なんでもないよう」

両手で口元を押《お》さえながら首を振る紅葉。

いかにも『言えない事があります』と言わんばかりの仕草だがこの少女に限って言えば演技でも何でもなく地だろう。

紅葉はひょいと立ち上がると気楽な仕草《しぐさ》で優樹の膝《ひざ》の上に腰《こし》を下ろす。

鈴乃宮学園の少女達の中でも特に小柄《こがら》な紅葉は、あぐらをかいている優樹の膝《ひざ》の上に座ってもその頭部が優樹の鼻の辺《あた》りまでしか来ない。むしろぱたぱた動かしている尻尾の先《せん》端《たん》の方が上に来る位だった。

「ちょ……ちょっと」

狐《きつね》で、しかも小さいとはいえ、外見的には殆《ほとん》ど人間の女の子である。さすがに犬や猫《ねこ》を膝の上で撫《な》でるのとは訳《わけ》が違う。困惑《こんわく》の表情を浮《う》かべる優樹に――

「優樹、詩月ちゃん嫌《きら》い？」

と紅葉が尋ねてくる。

「…………」

今でも彼女の行為《こうい》には腹が立っている。それは間違《まちが》いない。

だが『嫌い』と口に出すのは躊躇《ためら》われた。まるでそれを口にした瞬間《しゅんかん》に何か自分の中で決定的なものが終わってしまう様な気がしたのだ。

「よく分からない」

「私は好きだよ？」

と紅葉。

ぱたた——と尻尾が揺《ゆ》れる。

「詩月ちゃん優《やさ》しいから」

「……優しい？」

優樹は眉《まゆ》をひそめて問い返す。

「僕達を閉《と》じ込めてる張本人だよ？」

「でもそれは詩月ちゃんがわざとやってる訳じゃないもの」

「それは……そうかもしれないけど」

しかし詩月は人間ではない。生き物ですらない。

何を考えているか分かったものではない。あるいは……そもそも何も考えていないのかもしれない。元は学校——つまりはただのモノだ。少女の形をしているが、そこに人間と同じ感情や人格が在《あ》るかどうかさえ分からない。ただの喋《しゃべ》る人形と大差ないかもしれないのだ。

しかし……

（……ただのモノ……）

脳裏《のうり》を過《よ》ぎる色褪《いろあ》せた記憶《きおく》。

応接間の片隅《かたすみ》に置かれた中古のピアノ。

あれは……

(——いや。駄目《だめ》だ)

今のままでは、やはり学園に戻る気になど到底《とうてい》なれないし、詩月を許《ゆる》す気にもなれない。

(……『今のままでは』?)

自分の考えを振り返って、優樹は顔をしかめた。

いつの間にか自分は詩月と仲直りする事を前提《ぜんてい》にしている。学園に帰るきっかけを欲《ほっ》している。本当に自分は軟弱《なんじゃく》で意志力が弱い。ちょっと喉元《のどもと》を過《す》ぎればあっという間に熱さを忘れてしまう——

「——優樹?」

優樹が黙《だま》り込んでしまったのを不思議に思ったのか——ちょこちょこと紅葉の耳が動いて彼の鼻先をくすぐる。むずむずする鼻をこすってくしゃみの衝動《しょうどう》を誤魔化《ごまか》してから、優樹は紅葉の頭を撫《な》でて溜め息をついた。

「なんでもない。何でもないよ」

「変なの」

「狐耳《きつねみみ》と尻尾のついた奴《やつ》に言われたくないな」

「ひどいよぅ、優樹は意地悪だよぅ、紅葉変じゃないよぅ」

ばたばたと両手を両足を優樹の膝《ひざ》の上で振り回しながら――しかし何処《どこ》か楽しげに紅葉は言った。

◇　◇　◇

優樹の両親は割と教育熱心な方だった。

彼等《ら》は決して楽ではない家計《かけい》の中から色々と費用を捻出《ねんしゅつ》して幼い頃《ころ》から息子《むすこ》には色々と習い事をさせていた。もっとも無理矢理何かを詰《つ》め込んで良しとする様な悪い意味での英才教育ではなく、内容的には広く浅くという感じで、算盤《そろばん》だの学習塾《がくしゅうじゅく》だのよりも、習字《しゅうじ》や絵画《かいが》や音楽ともっぱら情操教育《じょうそうきょういく》の方面に力を入れていた。案外――自分達があまり側《そば》に居て一人息子の可能性や将来についてじっくりと考えてやれない事への代償行為《だいしょうこうい》であったのかもしれない。

何にしてもそうやって彼が習っていた稽古事《けいこごと》の一つにピアノが在った。

だがあまり優樹はピアノが好きではなかった。

単に女の子の稽古事だという意識《いしき》が何処かに在ったのかもしれないし、他の理由が在ったのかもしれない。そもそも才能も無かったのだろう。同じピアノ教室に通う子供達に較べても優樹は明らかに下手《へた》な方で――それが余計《よけい》に拒否感《きょひかん》を募《つの》らせたのかもしれない。無論、才能と言っても色々あるし、子供の演奏技術の巧拙《こうせつ》など、ある日突然《とつぜん》に何かのきっかけで逆転してしまったりするものだが――多少の苦境《くきょう》をものともせずに『それを好きになれる』事も才能なのだと優樹は思う。

そういう訳で――『来週からピアノは弾《ひ》かなくていい』と仕事から帰ってきた母に言われた時には素直《すなお》に優樹は喜んだ。あのつまらない習い事はもうしなくて良いのだと思うと本当に嬉《うれ》しかったのだ。

だが。

その日の晩――ふと彼は自分の家の応接間に置いてあったピアノを見た。

余裕《よゆう》の在る流麗《りゅうれい》な曲線で構成されるグランドピアノに較《くら》べると、アップライト型と呼ばれる形式の筐体《きょうたい》は随分《ずいぶん》と小さい。角張《かくば》った形も、隅《すみ》っこに押《お》し込める為《ため》に余分なものを削《そ》ぎ落としたかの様な……何処かそんな余裕《よゆう》の無さが感じられる。

無論、五歳《さい》の優樹にとっては、それでも自宅の応接間の一角を占拠《せんきょ》するピアノは充分《じゅうぶん》以上に大きく、角張っているその形もやけに無骨《ぶこつ》で愛想《あいそ》が無く、黒い色もやたらと威圧的《いあつてき》に見えていたのだ――その瞬間《しゅんかん》までは。

『…………』

何故《なぜ》かそのときの優樹にはそのピアノが妙《みょう》に小さく見えた。

黒く物言わぬ塊《かたまり》。

それは妙に弱々しく寂《さび》しげに見えた。

それは元々は近所の幼馴染《おさななじ》みの女の子の家に在ったものである。彼女が新しいピアノに買い換《か》えて貰《もら》うから——という理由で譲《ゆず》り受けたものだった。決して高級ピアノではないのだが、しっかりとした造りで、時には優樹が子供らしい癇癪《かんしゃく》を起こして無茶苦茶に鍵盤《けんばん》を叩《たた》いてもびくともしなかった代物《しろもの》である。

そう。それはまだまだ何年も何十年も使えるものだった。

だが、このピアノは明日にはもう長居家の応接間から去る。弾きもしないピアノを飾《かざ》りとして置いておける程《ほど》、長居家は広くもなければ豊かでもなかった。

明日——このピアノは棄《す》てられる。

当たり前の様に在ったものがある日突然《とつぜん》に無くなる。

そう思うと——何か得体《えたい》の知れない感情が優樹の胸に湧《わ》いてきた。

才能が無かった事も在って、優樹はまともに一曲を最初から最後まで通して弾けた事が殆《ほとん》ど無かった。大抵《たいてい》は途中《とちゅう》で止まってしまったり、間違《まちが》えたりして、最初からやり直し。

あまり好きではなかったから、やり直せば余計《よけい》にイライラして上手《うま》くいかない。まして教室でならばともかく、家でまで練習する気にはなれなかった。祖母の家に預《あず》けられていた時間が永かった事もあって、結局——そのピアノが長居家に来て綺麗《きれい》に曲を奏《かな》でた事は一度も無かった事になる。

だが……

このピアノが幼馴染みの少女の家に在った時の事を彼は思い出した。

二歳上の彼女は優樹と違ってピアノが好きで、よく練習していた。

遊びに行った際もよく彼女が弾《ひ》くピアノの曲を耳にした。その時優樹の鼓膜《こまく》に響《ひび》くそれは拙《つたな》いながらもとても綺麗で気持ちの良いもので……優樹が嫌々《いやいや》弾いていたそれとは、同じ楽器で演奏しているとは思えない程に差が在った。

だから。

このピアノもそんな音が出せるのだ——優樹がきちんと弾けさえすれば。

だがこのピアノはあんな綺麗な曲を奏でる事も無く明日、この家から無くなってしまう。

ピアノは綺麗な曲を弾くためのものだ。なのにそれが出来ないままにこのピアノは棄《す》てられてしまう。

そんな事を思うと……なんだかひどく申し訳ない気がした。

そして次の日。

優樹のそんな気持ちは部屋から作業着の男達に運び出されていくピアノを見た瞬間にいきなり爆発《ばくはつ》した。

使いこなせなかった。使いこなしてやれなかった。

綺麗な音を出す為《ため》に生まれてきたのに自分はそれをさせてやれなかった。

ピアノにもし心が在《あ》ったならば——それはどんなにかもどかしく辛《つら》い事だろうか。自分が生まれてきた理由を全《まっと》う出来ないのはどんなにか哀《かな》しい事だろうか。

無論、当時の優樹にそんな細かく理路《りろ》整然《せいぜん》とした思考《しこう》が在った訳ではない。ただ彼は運び出されていく——もう二度と長居家に戻《もど》る事の無いピアノとそのピアノが置かれていた場所に横たわる虚《うつ》ろを見てたまらなくなったのだ。申し訳なくて寂《さび》しくてどうしようもなくて彼は、ピアノにしがみついて泣いた。

ごめん——と。

次があればもっと頑張《がんば》るから。だから。ごめん。

作業員達はピアノにすがって泣きじゃくる少年を不思議そうに眺《なが》め……困惑《こんわく》して作業を中断《ちゅうだん》した。結局——その数時間後、祖母と両親が何とか彼をなだめてピアノの搬出《はんしゅつ》は問題なく終わったが、その日の晩は食事を終えた後も優樹はぐずぐずと罪悪感《ざいあくかん》に泣いていた。

彼が泣き止《や》んだのは——祖母が来て言ったからだ。

『安心しなさい。あれは棄てられた訳じゃない。また別の誰《だれ》かの処《ところ》で頑張《がんば》ってるんだよ』

今にして思えばそれは優樹を慰《なぐさ》める為の出任《でまか》せであったかもしれない。

しかし本当にピアノは棄てられたのではなく、中古——まあ元々が中古であったのだが——ピアノとして売られ、調律《ちょうりつ》を経《へ》てまた誰かの家に行ったのかもしれない。ピアノの中古市場が割と安定して存在するという事を優樹が知ったのは随分《ずいぶん》と後の事である。

これはただそれだけの出来事である。

これから彼が心を入れ替《か》えて練習に励《はげ》み、大音楽家になったりすればそれはそれで非常にドラマティックではあるが、十六歳の現在——別にそういう事実も予定も無い。今でも弾こうと思えば多少は弾けるかもしれないが、もう譜面《ふめん》の読み方も殆《ほとん》ど忘れたし、鍵盤を前にして思う様に指が動くかどうかは怪《あや》しい。

だが優樹は何かの折《お》りによくこの時の事を思い出す。

学校の音楽室で。楽器屋の店先で。あるいは——こんな夢の中で。

そして——

◇　◇　◇

「小竹乃先生」

呼ばれて振《ふ》り向くと——春夏秋冬の四人の少女が保健室の入り口に立っていた。

「どうしましたか？　四人揃《そろ》って」

といっても彼女等《ら》はいつも四人一組ではあるが。

「それこっちが聞きたいんだけど」

苦笑《くしょう》して四人の少女達は保健室に入ってくると小竹乃の方を——いや彼女を通り越《こ》してその背後に開かれていた窓の方を指さした。

「あれ何だよ？」

夏輝が指さした方向には……セーラー服のスカートを提灯《ちょうちん》の様に折《お》り込んだ詩月が何やら池に膝《ひざ》まで入ってざばざばと動き回っている。何やら真剣《しんけん》——というか深刻《しんこく》そうにさえ見える表情を見れば、それが遊びの類《たぐい》でない事はすぐに知れた。恐《おそ》らくは何かを捜《さが》しているのだろう。そういう風に見える。

もっとも端《はた》から見ていてそれ以上の事は分からなかったが。

「何と言われても——」

「鈴乃宮……もとい詩月って、ここ三日ほど、ずっとあんな事してて」

「そうですね。頑張ってます――彼女は」

『…………』

少女達は顔を見合わせた。

「それなんだけど」

秋菜が言う。

「何か在ったの？　優樹君は一昨日だったかに出て行っちゃうし。帰ってこないし」

「うーん……」

小竹乃は首を傾《かし》げてしばし悩《なや》んでいたが――

「まあ在ったと言えば在りましたね」

「何なのその曖昧《あいまい》な言い方は」

「他愛《たあい》無いと言えば他愛無い事なんですけどね。まあ詩月ちゃんが優樹君の大事なものをあの池の中に落としちゃったんですよ」

「あ――そうなんだ」

「ええ。で優樹君が怒《おこ》った、と。まあそれだけの話です」

「じゃあ詩月は落とし物を捜して？」

冬美が尋《たず》ねる。

「そういう事になりますね」

「水くさいなー」

春香が溜《た》め息《いき》をついた。

「同じ幽霊《ゆうれい》仲間じゃないの。言えば手伝ってあげたのに」

言いながらも、もう手伝うつもり満々なのか、春香は歩き出しつつ自分のスカートの裾《すそ》をたくし上げて折《お》り込み始める。

だが――

「ああ――それは駄目《だめ》です」

背中に当たる小竹乃の声に脚《あし》を止めて振り返る春香。彼女に続こうとしていた他の三人も怪訝《けげん》そうな表情で小竹乃を眺《なが》めた。

「手伝わない方が良いと思います」

「なんで？」

「これは彼女が自分でやるからいいんですよ」

『…………』

少女達は顔を再び見合わせる。

「でも一人じゃ見つけられないかも」

「それでもいいんですよ」

小竹乃は言った。

「…………？」

首を傾げたのは冬美だった。

「でもそれじゃ……仲直り出来ないんじゃ……」

「そうですか？」

小竹乃は微笑《びしょう》して言った。

「まあ……そうかもしれませんね」

「ちょっと……小竹乃先生」

「秋菜さん」

小竹乃は微笑したままのんびりとした口調で言った。

「『やり直せない人生なんて無い』——そんな言葉が在《あ》りますよね」

「……それが？」

「どう思います？」

「…………」

秋菜はしばし黙《だま》り込んでから——せせら笑う様に言った。

「嘘《うそ》っぱちよ」

「そうですね」

小竹乃は頷《うなず》いた。

「本当にそんなの大嘘ですよね。貴女《あなた》達も私もやり直せなかったから此処《ここ》に居るんですものね？　人生はやり直しなんかきかないし……世界は全然私達に優《やさ》しくなんかないですよね？」

「……そうね」

秋菜は頷く。

そうだ。人生はただの一度きりだ。

やり直しなどきかない。一瞬《いっしゅん》一瞬が選択肢《せんたくし》の連続だ。しかもそれらは複雑に絡《から》み合って未来を作っていく。『もし』などという事を論《ろん》じても厳然《げんぜん》たる現実の前では全く意味が無い。何かに失敗すればそれはもう消し様が無い。償《つぐな》う事も補《おぎな》う事も出来るかもしれないがその事実だけは無かった事になどならない——断じて。

まして過《あやま》ちの中には償いも贖《あがな》いも補いも出来ない場合も在る。

大きすぎる過ちはそれすらも許《ゆる》さない。

そう。夏輝が、春香が、秋菜が、冬美が死して幽霊《ゆうれい》になった事も。小竹乃が殺されて幽霊になった事も。それは動かし様の無い事実であって、やり直しなどきかない。もはや、補う事も贖う事も償う事も出来ない。誰《だれ》にも絶対に出来ない。

喪《うしな》われたものは二度と帰ってこないのだから。

それがこの世界を統《す》べている残酷極《ざんこくきわ》まりない真実なのだから。

「でも……」

椅子《いす》を回して窓の外を——一生懸命《いっしょうけんめい》、池《いけ》で捜《さが》し物をしている詩月と、その向こうに広がる偽物《にせもの》の空を眺《なが》めながら小竹乃は言った。

「此処は偽物だから」

「…………」

「本当に此処は——優しい嘘《うそ》で出来たまがい物の世界だから」

小竹乃は歌う様に言った。

「だから上手《うま》くいかなくてもいいんです。間違《まちが》っても失敗しても些細《ささい》な事なんです。此処は——いえ、此処もその為《ため》に在る場所だから」

「……小竹乃先生。貴女は」

「彼女の気が済《す》むまでやらせてあげましょう」

小竹乃は再び少女達を振《ふ》り返って言った。

「実を言うとね。なんだか偉《えら》そうな事を言っちゃいましたけど——私も手伝おうとしたら断《ことわ》られてしまいました」

言って小竹乃は小さく舌を出した。

「『他の人に手伝ってもらったら駄目《だめ》な気がする』って」

「そうなんだ」

「ええ」

小竹乃は肩《かた》をすくめて——そして言った。

「さすが……と言うべきなんでしょうね。今はあんな姿をしてはいますが、自らの本質を彼女は何処《どこ》かできちんと理解していますよ」

「そうかもね」

少女達は苦笑《くしょう》した。

◇　◇　◇

飽《あ》きもせずに——紅葉はやってくる。

しかも回を重ねる毎《ごと》に段々と『優樹に食料を届けに来る』という本来の目的から逸脱《いつだつ》し

てきている様に見える。具体的《ぐたいてき》に言うと、来ては優樹とお喋《しゃべ》りをしている時間が段々と延《の》びていき、その結果として優樹の休憩《きゅうけい》時間が延長《えんちょう》され、自転車で走る時間が短縮《たんしゅく》されるのである。ここ二回程《ほど》は完全に長居——と言って良いのかどうか分からないが——するつもりらしく、優樹のパンと牛乳パックだけでなく、自分用のパンと牛乳パック、更《さら》には水筒《すいとう》まで用意してきている。元から小柄《こがら》で童顔な紅葉であるが、そんな彼女がリュックサック背負って水筒まで肩にかけていると、どうしても小学生の遠足を連想《れんそう》してしまう優樹だった。

それはさておき——

「食後の『でざあと』だよぅ〜」

「……ちょっと待て」

リュックサックからだんごを取り出した紅葉を見て優樹は言った。

「なんなんだそれ」

「おだんごだよぅ〜」

嬉《うれ》しそうに両手にだんごを持って言う紅葉。

「みたらしだよぅ〜」

「いや。見れば分かるけどさ」

優樹は頭痛《ずつう》の様なものを覚《おぼ》えつつ言った。

「なんでそんなものが此処に有るんだよ」

「詩月ちゃんが出してくれたよ」

と紅葉。

「昨日お願いしておいたら今朝パンと一緒《いっしょ》に購買《こうばい》に売ってた」

「売ってたって……」

そういえば購買は誰が店番をしているのか。

尋《たず》ねてみると『詩月ちゃんだよ』という答えが返ってきた。別に彼女がずっと店に詰《つ》めている訳ではない様だが、誰かが購買に来ると分かるらしく、すぐに奥《おく》から出てきて色々なものを売ってくれるのだという。

もっとも此処では通貨《つうか》などというものも、偽物——というか売買行為《こうい》自体が単なる現実社会の模倣《もほう》でしかない様だったが。

「何やってんだか……」

呻《うめ》く様に言ってから気付《きづ》いた。

「ってちょっと待った」

「んん～？」

「詩月は君が僕の処《ところ》にパンとか届けてくれてるの――知ってるの？」

「え……？」

紅葉は猫《ねこ》だましを食らった猫の様にきょとんとした表情をした。

「知ってるよ。だって紅葉にお使い頼《たの》んだの詩月ちゃんだよ？」

「………」

お使いとはつまり優樹に食料を届ける事だろう。

これは紅葉が自分で始めた事ではなく、詩月が紅葉に頼んで始めた事なのだ。

（……一体何のつもりだ？）

罪滅《つみほろ》ぼしのつもりだろうか。

だったらこんな回りくどい事をしていないで、素直《すなお》に謝《あやま》りに来ればいいのだ。そうすればさすがの優樹も――

（……って）

顔をしかめる優樹。

やはり詩月との仲直りを考えている自分が居る。

どうにも自分の気持ちが把握《はあく》できない。

詩月は人間ではない。だから恐《おそ》らく人間の様に見えてもその感覚は人間とは異《こと》なる。だからあんな無神経《むしんけい》な事をして謝りにも来ない。そしてだからこそ自分が彼女の事情なぞ、いちいち考えてやる必要も無いのだ。

——そんな風に優樹は自分に言い聞かせていた。

しかし本当にそうか？

本当に詩月は人間ではないから——その心は優樹達とかけ離《はな》れているのか？

そもそもこの世界に光を生み出し、空気を生み出し、水を、パンを、ミルクを、電気を、様々な物質と現象を生み出して優樹達を生かしているのは誰の力なのか。

そこまでして優樹達を生かしておく具体的《ぐたいてき》なメリットが詩月に在《あ》るとは思えない。

言ってみれば——優樹達は彼女に守られているのだ。

何のために？

無論それは『学園ごっこ』をさせる為だろう。

ではどうしてその様な茶番《ちゃばん》が必要なのか。

どうしてそもそも詩月は——鈴乃宮学園は幽霊《ゆうれい》になったのか。

『未練《みれん》が在るから人は幽霊になる』という。

それがたとえ『幽霊学校』も同じなのだとしたら。

詩月が持つ未練とは一体何か。

「──紅葉ちゃん」

「なに？」

「詩月はどうしてる？」

「…………」

紅葉は両手で自分の口を再び押《お》さえた。押さえたまま首を振《ふ》る。

どうやら『言うな』と言われているらしい。

そんな紅葉の様子を苦笑混《くしょうま》じりに見下ろして──優樹は言った。

「そういえば前から気になってたんだけどさ」

「なになに？」

紅葉は匂《にお》いを嗅《か》ぐ犬の様にぐい──と顔を近づけてくる。さすがに気圧《けお》されて、というか気恥《きは》ずかしくなって優樹はちょっと身を反《そ》らして、距離《きょり》を保《たも》ちながら言った。

「狐《きつね》ってみんな紅葉ちゃんみたいに化けられるの？」

「よく分からない」

珍《めずら》しく困惑顔《こんわくがお》で紅葉は言った。

「よく分からないって──」

「私……他《ほか》の狐の事は殆《ほとん》ど知らないから」

「…………」

優樹は言葉に詰《つ》まった。

紅葉の表情に陰《かげ》りの様なものが降りたのを見て、自分が触《ふ》れてはいけない場所に触れたのを知ったからだ。何が在ったのかは知らないが……この話題は紅葉にとってあまり愉快《ゆかい》な内容ではないらしい。

「ごめん」

「ん？　何を謝ってるの？」

首を傾《かし》げてそう尋《たず》ねてくる紅葉は既《すで》にいつもの紅葉である。

「いやまあ……何となく」

「変なの」

「だから君みたいな珍妙《ちんみょう》な生物に言われたくないっての」

言いながら優樹は紅葉の尻尾《しっぽ》を撫《な》でた。

ふわふわの彼女の尻尾に触れていると何だかとても気持ちが落ち着く。

「うう〜。優樹ってば酷《ひど》いよぅ」

とか何とか話をしていると——

「…………？」

優樹は眼《め》を瞬《まばた》かせた。

何かが視界の端《はし》を過《よ》ぎったのだ。

恐らくモノがあふれた町中であれば気にもしなかっただろう。だが此処《ここ》は果てしない虚《きょ》無《む》の領域《りょういき》だった。当たり前の様にモノのあふれる世界ではなかった。変化といえば空の色以外は自《みず》らが作り出すものしか存在しない場所である。

だからそれは殊更《ことさら》に目立った。

白い平面の上だったからという事も在っただろう。それは黒かった。一瞬《いっしゅん》それは……詩月や四季少女達《シーズン・シスターズ》や目の前の紅葉が着ているのと同じ制服の裾《すそ》の様に見えた。

(詩月……?)

それを視界の中央に据《す》えるべく振り返る優樹。

だが――

「…………え?」

優樹は凍《こお》り付いた。

違《ちが》う。

そこに居たのは詩月ではなかった。それぞれに四季の名を冠《かん》された少女達でもなかった。

そもそも――まともな人間の形さえしていなかった。

「なっ……!?」

それは影《かげ》だった。

いや――影という言い方は適切《てきせつ》ではないかもしれない。それは黒くはなかった。曖昧《あいまい》な灰色が煙《けむり》の様に揺《ゆ》らめいているだけだった。影に見えたのは――それがひどくいびつな輪《りん》郭《かく》をしていたからだ。例えば曲面に映り込んだ影の如《ごと》くに。

左右で長さの違う手足。細長い頭部。波打つ胴《どう》。

確かに詩月達と同じセーラー服を着てはいるが、その袖《そで》や裾《すそ》や襟《えり》から出ているのはゆらゆらと不安定に揺らめく黒煙《こくえん》の様な何かだった。何もかもが曖昧でいい加減《かげん》である。厚みが在るのか無いのかもよく分からない。

ただ――頭部らしき部分の中央に二条の亀裂《きれつ》が走ったかと思うと、それが上下に押《お》し広げられ、奥《おく》からこれ以上無いという明確さでぎょろりと一対《いっつい》の眼球が出現した。

(なんだこれ……!?)

優樹は思わず後ずさりながら思った。

まるで影の頭部に生身の眼球を無理矢理埋《う》め込んだかの様な奇怪《きかい》な姿。

ある意味で――詩月や四季少女達よりも遥《はる》かに『幽霊《ゆうれい》』っぽい感じがする。単に曖昧という意味ではなく、それが『恐怖《きょうふ》』であり『驚異《きょうい》』として認識《にんしき》される対象としての幽霊という意味であるのならば。

次の瞬間《しゅんかん》。

煙とも影ともつかないそれの全身に急速な変化が生じた。

ゆらゆらと輪郭も定まらずに揺れていた四肢《しし》が、まるで布を絞《しぼ》るかの様に渦《うず》を巻きながら収束《しゅうそく》する。それはすぐさま安定して境界を成し、手が、脚《あし》が、頭が、具体的な形を取《と》り始める。

「…………っ!?」

優樹の喉《のど》から声にならない悲鳴が漏《も》れる。

曖昧なままであってくれればどれだけマシであったか。それは不気味《ぶきみ》ではあったが醜悪《しゅうあく》ではなかった。奇妙ではあったが汚怪《おかい》ではなかった。

「悪霊《あくりょう》……!?」

押し殺した声で叫《さけ》んだのは優樹ではなく紅葉であった。

そう――確かにそれは『悪霊』という言葉に相応《ふさわ》しいものだった。

「ひぎぎ……ぎ……ぎひ……ひひ……ひ……」

壊《こわ》れた人形の様に奇妙な――引きつったかの様な動きでそれは優樹達に近付いてくる。

一番近い印象は『動く死体《ゾンビー》』であっただろう。

ただし同じ不自然な存在とは言っても四季少女達とは明らかに違う。

『悪霊』の全身はこれ以上無いという位に焼け爛《ただ》れていた。あちこちに血色の水疱《すいほう》が膨《ふく》れあがり、皮がめくれて垂《た》れ下がり、あるいは炭化《たんか》してひび割れ、無事な皮膚《ひふ》など何処《どこ》にも無い。腕《うで》も脚《あし》も——そして顔も。制服には焼け焦《こ》げの痕《あと》一つ無いのに、その袖や裾から見える身体《からだ》はどこもかしこもケロイド状を呈《てい》していた。

いや……それだけならば未《ま》だいい。

ただそれだけならば、それは哀《あわ》れむべき犠牲者《ぎせいしゃ》の姿でしかない。

だが『悪霊』は笑っていた。

黄色い歯を剝《む》いてにたにたと笑っていたのだ。元の面相《めんそう》など最早《もはや》分からない位に潰《つぶ》れてしまった顔で——しかしそれとはっきり分かる位に、大きく裂《さ》けた様な口を開いて笑っていたのである。

笑いながらその焼死体は優樹達に近付いてきた。

一歩一歩……踏《ふ》み出す度《たび》に血や膿《うみ》が滴《したた》る。

(こいつは……!!)

平凡《へいぼん》な一高校生である優樹でも分かった。

これはまさしく『悪霊』だ。四季少女達とは全く違う——どころか正反対と言っても良いだろう。彼女等《ら》に在《あ》る快活さや無邪気《むじゃき》さは微塵《みじん》も無い。狂気と憎悪《ぞうお》と憤怒《ふんぬ》。『悪霊』から感じ取れるものはただそれだけだった。

これは悪意だ。悪意そのものだ。

どうしてこんなものが存在するのかは分からない。だがそれは極限《きょくげん》まで圧縮《あっしゅく》され凝縮《ぎょうしゅく》され、ただそれだけで自存出来る程《ほど》になった『悪意』そのものだった。それを認識するのに霊感《れいかん》など必要無い。五感さえ必要無い。目隠《めかく》しをされようが耳を塞《ふさ》がれようが、近くに寄ればまず本能が悲鳴をあげるだろう。

「ひげ。げ。ひひひ。げげげ。げ。ひげ。ぐげ」

（に……逃《に》げないと……！）

そう思うのだが脚が動かない。

情けない話だが完全に身が竦《すく》んでいた。

だが――果たしてどれだけの人間が優樹を笑う事が出来るだろうか。

剝《む》き出しの悪意に晒《さら》されれば人間は基本的に身を強張《こわば》らせる。それこそ普段《ふだん》から戦場でも居る者ならばともかく、平和な日本に育ってきた少年に、相手の存在そのものに対して『否《ひ》』を唱《とな》える様な根元的《こんげんてき》な悪意は全く未知《みち》のものであったろう。動けなくなるのも当然だ。普通の人間が体験する中で最も純粋《じゅんすい》な悪意に近いものは殺意であろうが――それとてここまで純粋ではない。

「げ。ひげ。ひひひげ。げげ。ひげげ。ぐげげ。げ。ひげげ」

びしゃりびしゃりと体液による足跡《あしあと》を白い平面に刻《きざ》みながらそれは近づいてくる。

それが優樹に危害《きがい》を加えようとしているのは明白《めいはく》だった。

おかしな方向にねじ曲がった上、焼け爛《ただ》れた指が彼に向かって伸《の》びてくる。

反応は――紅葉の方が早かった。

「優樹っ！」

紅葉が優樹に体当たりして彼を『悪霊』の指先から逃がす。

だがそれは彼女が自らを『悪霊』の目の前に晒す事に他《ほか》ならなかった。

『悪霊』の手が紅葉の制服の襟首《えりくび》を摑《つか》む。

「あ――やっ――放せっ！　放してようっ！」

じたばたと両手を振《ふ》り回しながら叫《さけ》ぶ紅葉。

「紅葉っ!!」

地面から起きあがった優樹は思わず叫んで紅葉の方に駆《か》け寄ろうとする。

しかし――

「来ちゃ駄目《だめ》だよっ！」

紅葉の叫びが彼の動きを止める。

苦しげではあったが——彼女のその叫びは明らかに絶望していない。

それを証《しょう》するかの様に紅葉の周囲に一つ、二つ、三つ、四つと幾《いく》つもの光が生まれた。

「これは……」

呆然《ぼうぜん》とその光景を見つめる優樹。

それは——狐火《きつねび》だった。

狐が操《あやつ》るとされる青白い鬼火《おにび》の一種。人魂《ひとだま》もこれの一種であるとする説が在る。

紅葉の周《まわ》りに衛星《えいせい》の如《ごと》く発生した四つの狐火は、きゅきゅっ……と奇妙《きみょう》な音を立てながらも旋回《せんかい》する。まるで獲物《えもの》に襲《おそ》いかかる瞬間を待つ肉食獣《にくしょくじゅう》の群《む》れの様に。

そして——

「燃《も》えちゃえ！」

紅葉の叫びと共にまるで忠実な猟犬《りょうけん》の如く、狐火は一斉《いっせい》に『悪霊』へと襲いかかった。

「ぎ——ぎげえっ⁉」

『悪霊』が、耳を覆《おお》いたくなる様な悲鳴——だろう。多分——を発しながら暴《あば》れる。

四つの狐火は『悪霊』の頭部と胸、そして両手に食らいついて炎上《えんじょう》していた。あの様な姿でも苦痛は感じるらしい。それとも——あの狐火が特別なのだろうか。

暴れる『悪霊』が紅葉の身体を手放す。

小柄《こがら》で体重の軽い紅葉はそのまま吹《ふ》っ飛んで行き、白い地面で一度跳《は》ね——再び落下。数メートルを滑《すべ》っていってから、ぽん！　と音を立てて子狐の姿に戻《もど》ってしまった。

「紅葉！」

叫んで優樹は子狐に駆《か》け寄ると、その身体を抱《だ》き上げて走る。

紅葉の変化が解《と》けた瞬間《しゅんかん》に狐火も消えたらしく、『悪霊』は暴れるのを止めると再び優樹に向かって歩き始めた。

「……ってなんで大きくなってんだ!?」

悲鳴じみた声で叫ぶ優樹。

そう。

『悪霊』は狐火に攻撃《こうげき》される前の倍近い大きさになっていた。いや——それ以上に巨大化《きょだいか》しつつある。中身の膨張《ぼうちょう》に耐《た》えられず、着ていた制服が音を立てて引き裂《さ》かれていく音が殊更威嚇的《ことさらいかくてき》に優樹の耳には響《ひび》いた。

優樹は自転車に飛び乗ると前カゴに紅葉を載《の》せ、スタンドを蹴飛《けと》ばして走り出した。

逃げるしかない。

自慢《じまん》ではないが優樹は喧嘩《けんか》の腕《うで》はからっきし——どころかまともに殴《なぐ》り合った経験すら

無い。人間相手でも勝てるかどうか分からないのに、あんな化け物が相手ではどうしようも無かった。

必死にペダルを踏《ふ》んでスピードを出す。

百メートル。二百メートル。三百メートル。

どれだけあの『悪霊《あくりょう》』を引き離《はな》しただろうか。どれだけ引き離せばあの怪物《かいぶつ》は優樹達を追うのを諦《あきら》めてくれるのか。

「…………！」

距離《きょり》を確かめようと振り返った優樹は——声にならない悲鳴を上げた。

追ってきている。

それも物凄《ものすご》い速さで。

全長三メートル半にも達する巨人の焼死体が、走って——それも四つん這《ば》いで走って追ってくる。びしゃりびしゃりと体液をまき散らし、セーラー服だった布地を身体《からだ》にまとわり付かせ、それはしかし優樹達との距離を次第《しだい》に詰《つ》めつつあった。

「わあああああっ!!」

絶叫《ぜっきょう》しながらペダルを踏む優樹。

だが『悪霊』は近付いてくる。

紅葉はカゴの中で気絶したまま。

そして——

「…………!」

ぬらりと湿《しめ》った指先が首筋に触《ふ》れたかと思うと……次の瞬間、襟首を摑《つか》まれた優樹は自転車から引き剝《は》がされていた。数メートル慣性《かんせい》で走った自転車が倒《たお》れ、カゴから気絶して子狐《こぎつね》状態の紅葉が転《ころ》げ出すのが見えたが、その安否《あんぴ》を気遣《きづか》う余裕《よゆう》は優樹には無かった。

『悪霊』が優樹を顔の前に引き寄せると、もう一方の手を優樹の顔に近づける。

焼け爛れた指先が彼の頰《ほお》に触れ——

「ひっ……!?」

ずぶりとまるで幻《まぼろし》の様に指先が彼の顔に沈《しず》んだ。

いや……指先だけではない。何の抵抗《ていこう》も無く、掌《てのひら》が、手首が、肘《ひじ》が、優樹の顔の中に沈み込んでいく。まるで彼の存在そのものを浸食《しんしょく》しようとしているかの様に。

そして——

「——ッ!!」

優樹は思わず身を反《そ》らせた。

一瞬の空白《くうはく》。

そして次の瞬間に襲《おそ》ってきたのは――膨大《ぼうだい》な感覚の奔流《ほんりゅう》だった。

痛い。苦しい。辛《つら》い。

全身の神経という神経が悲鳴を上げている。気が狂いそうな位の苦痛が彼の体中を物凄《ものすご》い早さで――そして執拗《しつよう》に何度も駆《か》け巡《めぐ》る。

この苦痛の質《しつ》には優樹も覚えが在《あ》った。

火傷《やけど》だ。

炎《ほのお》に触れた際に感じる痛み。鋭《するど》く神経に切り込んでくる『熱さ』。

だがそれは優樹の今まで感じた火傷の痛みとは較《くら》べものにならなかった。もし苦痛を数《すう》値《ち》化《か》出来たのならば文字通りに桁違《けたちが》いの数字が出ただろう。

「…………………!!」

優樹は絶叫《ぜっきょう》する。

だが――逃《に》げられない。

どうしようもない。相手は優樹の中に入り込んできている。しかも優樹自身は激痛の余《あま》りに身動き一つ出来ないのだ。

例えば――漫画《まんが》だのゲームだのアニメだのにはよく在るが、高圧電流に触《ふ》れた人間が苦《く》痛《つう》を感じて絶叫する場面。あれを指して『叫《さけ》んでないで手を離せばいいのに』と笑う者が居る。触れて電流が身体の中を流れているから痛いのであって、手を離せば痛みも止まるのにどうして離さないのか――と。

これは大きな間違い――というか誤解《ごかい》だ。

そもそも筋肉《きんにく》を動かしているのは神経に流れる微弱《びじゃく》な電流――つまりは電気刺激《しげき》なのである。これは生体電流とか筋電流とか呼ばれているが、電気である事に違いは無い。

では――その筋肉を制御《せいぎょ》する神経系に強大な電流が流れればどうなるか。

全身の筋肉が収縮《しゅうしゅく》し、身体が硬直《こうちょく》するのである。

高圧電流に触れた人間は、その電流の流れている物体から手を離さないのではない。勝手に筋肉が収縮し続けて全身が硬直し、手を離せないのだ。

それと同じ事が優樹にも起こっていた。

強烈《きょうれつ》な苦痛が――苦痛を伝える強い電気刺激が全神経を駆け巡り、優樹の身体《からだ》を捕《と》らえて離さない。意識では必死に逃走《とうそう》を試みても身体はただ硬直しているだけで、一歩も動いてくれない。焦《あせ》り恐《おそ》れる意識だけが必死に空回《からまわ》りを続けている状態である。

（死ぬ……死ぬッ!!）

このままでは死ぬ。死なないまでも狂う。

痛みが自分の心《こころ》を破壊《はかい》する。

自分の正気と理性が崩《くず》れていく幻聴《げんちょう》を耳にしながら優樹は更《さら》に絶叫した。

死ぬのが先か。狂うのが先か。あるいは失神《しっしん》するのが先か。

そして。

――ばん！

唐突《とうとつ》に――何かが弾《はじ》ける様な音がした。

「――――!?」

優樹の金縛《かなしば》りが解《と》ける。

がくりとその場に倒れ込む優樹。

実際に感触《かんしょく》が在った訳ではないが――ずるりと『悪霊《あくりょう》』の腕が自分の身体から抜《ぬ》けていくのが分かった。火傷の苦痛がゆっくりと引いていき、むしろ限界まで突《つ》っ張っていた四《し》肢《し》の筋肉が鈍痛《どんつう》を訴《うった》え始める。

『悪霊』は優樹から離れると――よろめいた。

同時に巨体《きょたい》が急速に縮《ちぢ》んでいく。

いや――違う。まるで何かの結合《けつごう》を解《と》かれたかの様に分解していくのだ。

悪霊が苦悶《くもん》するかの様にのたうっている。

ちりちりと音を立ててその輪郭《りんかく》が風化する様に分解し、再び現れた当初の様な、影《かげ》か霧《きり》の様な曖昧《あいまい》なものになっていく。そしてそれさえも全身に行き渡《わた》ると——風に吹《ふ》かれた煙《けむり》の様に拡散《かくさん》し希《き》薄化《はくか》していく。

完全にその姿が消滅《しょうめつ》するのに……三十秒と必要なかった。

火傷の激痛の名残《なごり》と筋肉酷使《きんにくこくし》による鈍痛に苛《さいな》まれつつ、優樹は自分の意識が急激に薄《うす》れて暗闇《くらやみ》に落ち込んでいくのを感じていた。

そして——

（……祖母《ばあ》ちゃん？）

完全に気絶する直前——自分の左手に巻かれていた御守《おまも》りが淡《あわ》く発光しているのを見た様な気がした。

◇　◇　◇

——これは夢だ。これも夢だ。

ひどく遠くから全《すべ》てを眺《なが》めているもう一人の自分が告げる。

そう。確かにこれは夢だろう。肉体の苦痛と精神の安堵《あんど》によって自分は気絶《きぜつ》してしまったのだから。それは間違《まちが》いが無い。確かに自分の今観《み》ているものは夢に違いない。

しかし……

（これは一体……）

一体誰《だれ》の夢なのか。

優樹のものではない。それだけは確かだった。

優樹の記憶《きおく》には無い情景の中で、やはり優樹の記憶には無い登場人物が動き回っている。

夢は眠《ねむ》りの中で自らの記憶を無意識に整理する際、偶発的《ぐうはってき》に発生する、ある種の雑音《ざつおん》なのだそうだ。大抵《たいてい》の場合にそこには脈絡《みゃくらく》や意味など皆無《かいむ》に等《ひと》しいが、当然ながら記憶の整理である以上、全く観た事の無い情景や人物が出てくる事はまず無い。出てきたとすればそれは自分が観た事を忘れているか、あるいは既知《きち》の人物が形を変えて出てきただけの事なのだ。

しかし……

（これは……違う）

優樹は思う。

これは明らかに自分の記憶の断片《だんぺん》を使って再構成されたものではない。情景や人物について見覚えが無いのは無論だが……何処《どこ》かその全てが『借り物』であるかの様に余所余所《よそよそ》しい。元より夢は音や色といった各種の感覚に欠《か》けるものが多いが――この夢は更に何か違和感《いわかん》が強い。自分はその場に居るのではなくて、遠くから分厚《ぶあつ》い硝子《ガラス》越《ご》しに全てを眺《なが》めているかの様なもどかしさが在った。

それは炎《ほのお》の情景だった。

全てを染《そ》めて燃え上がる苛烈《かれつ》な火炎《かえん》。

そしてその中で……次々と崩《くず》れ落ちてゆく人物達。

悲鳴は聞こえなかった。あまりにも淡々《たんたん》とそして粛々《しゆくしゆく》と——まるである種の儀式《ぎしき》であるかの様に炎は犠牲者《ぎせいしや》達を飲み込んで行く。そこに人間的な感傷《かんしよう》は無かった。問答無用《もんどうむよう》の冷《れい》淡《たん》な事実だけが横たわっている。

燃えているのは……少女達だった。

何処か古臭《ふるくさ》いデザインのセーラー服を着た少女達が炎に巻かれ、一人、また一人と倒《たお》れていく。倒れ伏《ふ》した彼女らの上にも炎は容赦《ようしや》なくのしかかり、服を、髪《かみ》を、肌《はだ》を焼き焦《こ》がして無惨《むざん》な状態に変えていく。痛《いた》いのか。苦しいのか。少女達は倒れてもなおその華奢《きやしや》な——やせ細ったとさえ言える四肢《しし》をばたつかせ、身体《からだ》を海老《えび》の様に折り曲げて藻掻《もが》き苦しんでいる。

地獄《じごく》の有様《ありさま》だった。

(……やめろ……！)

優樹は叫《さけ》んだ。

だが声にはならない。彼はこの場面の登場人物ではない。単なる観客《かんきゃく》だ。全てを俯瞰《ふかん》する事は出来ても舞台《ぶたい》の中に入っていく資格は無かった。

ましてこの情景には何ら人間的な作為《さくい》が無い。

誰かが少女達を嬲《なぶ》っているのではないのだ。原因は人為《じんい》的なものであったかもしれないが、これは現象であり確定した事実としてそこに在《あ》るだけなのだ。優樹がいかに絶叫《ぜっきょう》しようと炎はただ炎として燃え続け、触《ふ》れるものを片端《かたはし》から飲み込んで滅《ほろ》ぼすだけだ。そこにはもう悪意も害意も無い。そんな人間的な感傷とは全く関係無く、炎は少女達を淡々と焼き滅ぼして行くだけなのだ。

（……ああ……やめろ……やめてくれっ……!!）

優樹は喚《わめ》いた。

耐《た》えられなかった。これ以上は観たくなかった。

昨日から今日。今日から明日。明日から明後日《あさって》——連綿《れんめん》と続く平和が当たり前である時代に生まれた優樹にとって、これは正視する事さえ耐《た》え難《がた》い程《ほど》の情景だった。

だが瞼《まぶた》を閉《と》じる事も眼《め》を逸《そ》らす事も今の優樹には許されない。彼は肉体を持たぬただ一条の視線と化してこの凄惨《せいさん》な情景を見せつけられている。

一人。また一人。更に一人。

少女達が死んでいく。苦しんで苦しんで死んでいく。

優樹の目の前でまた一人の少女が倒れた。

ぱくぱくと酸素不足《さんそぶそく》の金魚の様に、火傷《やけど》を負って爛《ただ》れた唇《くちびる》が開閉する。何かを言っているらしいのだが……言葉は優樹の処《ところ》まで届かない。

決して訪《おとず》れる事の無い助けを求めているのか。痛みを虚空《こくう》に訴《うった》えているのか。あるいは神仏《しんぶつ》に慈悲《じひ》を請《こ》うているのか。それとも親や友の名を喚《よ》んでいるのか。単に痛みに苦しんだ末の無意識な動作なのか。

分からない。分かってやる事も出来ない。

(お願いだから……やめろ……やめてくれよっ……!!)

(……やめて……誰か止めて……誰か……!!)

優樹自身のそれがまるで何処かで反射《はんしゃ》したかの様に──重《かさ》なる様にして響《ひび》いてくる声。

少女達のものか。あるいは他《ほか》の誰かのものなのか。それは分からない。

しかし──

(……ああ……お願いだから……やめてくれ……頼《たの》むから……あの子達は……あんなにあんなに痛そうで、苦しそうじゃないか……! 誰か……誰でもいいから……せめてあの子達を今すぐ……殺してやってくれ!!)

（……ああ……お願いだから……やめて……お願いです……あの子達は……あんなにも痛がって、苦しんで……!!……ああ……誰か……誰でも構《かま》いません……後生《ごしょう》です……せめてあの子達をこれ以上苦しめないで……!!）

何処かで誰かが優樹と同期《シンクロ》する。

優樹とその誰かは泣き喚《わめ》きながら懇願《こんがん》した。

何処の誰とも知らない少女達にのしかかる地獄《じごく》に二人は必死で抗議《こうぎ》した。

だがやはり彼等《ら》の声は届かない。聞き届けるべき相手さえ居ない。確定した事実だけが延々《えんえん》と見せつけられる。それは優樹達に無力感《むりょくかん》を恐《おそ》ろしい程の密度で押《お》し付けていく。

（……駄目《だめ》だ……）

優樹は思う。

こんなものを長時間——それも繰《く》り返し見せつけられたらきっと自分は気が狂《くる》う。

いや。気が狂う位ならばまだいい。自ら心を壊《こわ》して逃《に》げる事が出来たのならば、それは未《ま》だましというものだろう。

だが。

逃げる事さえ出来なかった者は……一体どうすれば良いのか。

行き場の無い気持ちは何処に埋《う》めてやれば良いのか。

そして――

◇　◇　◇

「優樹！　優樹！　優樹!!」

鼓膜《こまく》を必死の声が叩《たた》く。

優樹は――闇《やみ》の中にたゆたっていた彼の意識は、それに追い立てられる様にして現実の世界へと舞《ま》い戻《もど》ってきた。

瞼《まぶた》を開く。

まず目に入ったのは――詩月の顔だった。

幽霊《ゆうれい》少女は泣きそうな表情で彼を見つめながら名前を連呼《れんこ》していたが、何度か瞬《まばた》きして見せるとようやくほっとした様子で溜《た》め息《いき》をついた。

「生きてる？　大丈夫《だいじょうぶ》？　ねえ？」

「あ……ああ……だ……大丈夫《だいじょうぶ》……」

言いながら、優樹は自分が詩月に膝枕《ひざまくら》をしてもらっていた事に気付いた。

「本当に？　随分《ずいぶん》うなされてたみたいだし――」

「大丈夫……ててっ……」

気恥《きは》ずかしさから慌《あわ》てて身を起こすと、全身が痛い。

単に寝違《ねちが》えたとかそういう痛みではない。ひりひりと神経を擦《こす》りあげるかの様な痛みであった。

(夢じゃなかった……か)

あの『悪霊《あくりょう》』は実際に存在したのだ。

「本当に？　本当に大丈夫？」

「ああ……まだなんだかからだが少し痛いけど。でも多分——」

「そっか……」

そこで嬉《うれ》しそうに——心底から嬉しそうに詩月が微笑《ほほえ》む。

「良かった」

「………」

何とも言えない気持ちで詩月を見つめる優樹。

まだ詩月に対する拒否感《きょひかん》が完全に消えた訳ではない。だがこうも自分の事を心配してくれる詩月を見ると、悪い気はしない——というか怒《おこ》っているのが申し訳ない気持ちにさえなってくる。

「……って紅葉は？」

自分を守ろうとしてくれた狐《きつね》少女の事を思い出し、慌《あわ》てて周囲を見回す。

「大丈夫。今は未《ま》だ疲《つか》れて寝てるけど」

と言って詩月が振《ふ》り返って見せた先には——狐状態の紅葉が白い地面に伏《ふ》せて眠《ねむ》っている。さすがに狐の顔色までは優樹には判別《はんべつ》がつかないが、彼と詩月が見ている間にころんと寝返りを打って腹《はら》を見せたりする様子からすれば、大事無いらしい事は分かった。

「狐火使ったみたいね。頑張《がんば》ったんだ」

「……なんで知ってる？」

「紅葉ちゃんは、狐火使うとその後すぐに寝ちゃうの。かなり霊力消耗《しょうもう》するみたいで」

「……そうなんだ」

「それに直接的で大きな霊力の変動は、何処《どこ》で発生しても私にはすぐ分かるから……それで何かあったんだなって思って……」

「…………」

詩月の説明をぼんやりと聞いていた優樹は——ふと思い付いた。

「ひょっとして彼女が何度も僕の処《ところ》に来ていたのは、護衛《ごえい》を兼《か》ねてたの？」

「……うん。まあ」

曖昧《あいまい》に頷《うなず》く詩月。

「『悪霊』も滅多《めった》には出ないんだけど、万が一って事で……」

「でもあれは一体……なんだか煙《けむり》みたいな、影《かげ》みたいな、妙《みょう》な……」

「あれは……」

何処か気まずそうに詩月が言った。

「幽霊なの」

「……君の同類？」

少し意地悪かなとも想《おも》いながらそう尋《たず》ねてみる。

「違うと言いたいけれど……同じ部分もあるの」

「……わかんないんだけど」

「あれは幽霊といっても……もう魂《たましい》も何も無いものなの。ここで焼け死んだ女生徒達の恐《おそ》れとか怒《いか》りとか悲しみとか……そういったものがただ集まっただけのもの。中心になる魂も無いから、もうただ『怖《こわ》い』とか『苦しい』とかそういう気持ちだけのもの」

「…………」

「滅多《めった》に形にはならないし、この世界の何処かを無意味に彷徨《さまよ》っているだけだから、まず出会う事は無い筈《はず》だったんだけど……」

詩月によると——大まかに言って幽霊には二種類在《あ》るのだそうだ。

一つはただ恐怖《きょうふ》や後悔《こうかい》や憎悪《ぞうお》や……そういった強い感情が本人の死滅後もその強さ故《ゆえ》に消えず、空間に焼き付いて、残像の様になって残っているもの。大概《たいがい》においてこれは無害な代物《しろもの》で、それ自体では長く存在も出来ないので、放《ほう》っておいても消えてしまう。

だが、それらが一定数寄り集まってしまう事がたまにあるのだとか。

しかも生のままの、制御《せいぎょ》もされていない剝《む》き出しの感情——理性も知性も無いただそれだけのものなので、虫の様に自動的に活動して襲《おそ》いかかってくるらしい。まさしく悪霊の類《たぐい》である。

もう一つは詩月達に代表される様な『生物的な意味では生きていない』だけの幽霊達。

こちらは核《かく》となる魂がきちんと残っているので、そこを中心として人格だの記憶《きおく》だのが構成されており、理性的な会話も出来る。

後者の代表である詩月達は、自分達と区別する為《ため》に前者を『悪霊』とか『妄霊《もうりょう》』とか呼んでいるのだそうだ。

「まあ私もはっきりした理屈《りくつ》が分かってる訳じゃなくて、小竹乃さんに経験談を話している内に、そういう風に呼んで区別しようって思っただけなんだけど」

と詩月は説明を締《し》めくくった。

それはさておき——

「僕は……どうして助かったのかな」

「その御守《おまも》りのお陰《かげ》だと思う」

と詩月が指さしたのは——やはり左手首に巻き付けられた祖母《そぼ》の御守りだった。

『これを左手に巻いときなさい』

祖母は言ってその御守りをくれた。

『まあ大したもんじゃないけどね。ひょっとしたら何の役《やく》にも立たないかもしれない。けどひょっとしたらあんたの命《いのち》を救《すく》ってくれるかもしれない。まあ御守りってのはそういうもんさね』

言って祖母は笑っていた。

優樹は祖母が好きだった事もあって、貰《もら》った当時の幼い優樹は彼女の言う通りに御守りを手首に巻いた。巻いたままそれは何となく彼のお気に入りになって、小学生になり、中学生になり、高校生になってもいつも彼の手首で揺《ゆ》れている事になった。『変だよ』と言ってくる級友もいたが、基本的に平凡《へいぼん》で、それを自覚している優樹としてはむしろそう言ってもらえるのが嬉《うれ》しくて——腕《うで》時計の代わりにいつも御守りを手首に巻いていた。紐《ひも》は汚《よご》れたので何度も換《か》えたが、不思議と御守り本体はさしたる汚れもないままに、十年以上彼の左手にぶら下がっていた。

無論、優樹は祖母の言葉を頭から信じていた訳ではない。優樹はそれに特別な意味を見いだしていた訳ではない。単に個性的な、というか一風変わったお洒落《しゃれ》として巻いていただけだ。強《し》いて言うのなら、それを見て祖母が喜んでくれるのが嬉しかった——ただそれだけの事。

だからまさかこの御守りが本当に『力』を持っているとは思ってもみなかった。

そもそも詩月達に対しては何も反応しなかったのだ。

「でも詩月達は何ともないじゃないか」

「だってそれは『御守り』だもの」

詩月は至極《しごく》当然といった口調で言った。

「私達は優樹を傷つけようとか苦しめようとか思ってなかったから。『守る』必要も無いでしょう？」

「…………なるほど」

まあ理屈は通っている。

溜《た》め息《いき》をついて脱力《だつりょく》する優樹に——ふと詩月が言った。

「ごめんね」

「……別にこれは君のせいじゃないだろ」

「でも私の、優樹や小竹乃先生を引っ張り込んだ『引き寄せる力』が作用《さよう》しているから、ああいうのも消えずに寄ってくるんだと思う」

「………………」

まあ今更《いまさら》多少の事では優樹も驚《おどろ》かなくなっている。

そういう事もあるのだろう——と彼はぼんやりと思った。

そして——

「あのね……優樹」

改《あらた》まって正座《せいざ》して詩月が言った。

「………な……なんだよ」

「ごめん」

「だから別に君の——」

「違《ちが》うの」

詩月は言って右手を背後に回し——

「これ……ごめん」

詩月が差し出してきたのは、フィルム・ケースであった。

「……！」

「ごめん。あの、あれからずっと探してたんだけど、その、池が濁《にご》ってて。密閉《みっぺい》されてたら浮《う》かんでくる筈だから、でも水面には無くて、それで、駄目《だめ》かなとか思ったりとかして、諦《あきら》めかけたりとかもしたんだけど。その……あの……ひょっとしてって思ったら、やっぱり水の中で藻《も》に絡《から》まってて……それで浮かんでこなくて」

「…………」

「でも長く水の中に浸《つ》かってたし、ちょっと蓋《ふた》が緩《ゆる》みかけてたみたいで……あの……ちょっと水入ったみたいで……」

言われてみれば、フィルム・ケースの底にはわずかに水がたまっている。中のフィルムが駄目になっているかどうかは――よく分からない。

しかし……

「本当にごめん。ごめんなさい」

そう言って詩月がフィルム・ケースを捧《ささ》げ持つ様にして更《さら》に前に差し出す。

「本当はもっと前に謝《あやま》ろうと思ったんだけど、その、機を逃《のが》したっていうか、誠意が伝わらないかなあとか思ったり、口だけ謝ってる様に思われても辛《つら》かったし、えと、あの、それで……その、あの、出来たらフィルム・ケース見つかってからの方がいいかな、とか。思ったりして。あ、見つかったのは昨日の晩なんだけど、なんか機会が無いって言うか、言い出しにくくて、それで今まで——」

おどおどとした態度でそんな風に言葉を重ねる詩月。

「………」

優樹は——もうそんなに腹が立たなくなっている自分には気付いていた。

詩月に悪気《わるぎ》が無かったのは分かっている。無遠慮《ぶえんりょ》で無神経《むしんけい》だったのは事実だと思うが——

——そんな部分は優樹にも在《あ》るし、誰《だれ》にでも在る。

失敗を繰《く》り返しながら誰もがそれは学《まな》んでいく事だ。

ただ……

「——詩月」

「だからね、その無理にとはもう言わないけど、その確かめる為《ため》に現像《げんぞう》とかしてみるとかね、もう見せてとか言わないから——」

「詩月！」

「もし現像できたら——って、はいっ!?」

眼《め》を瞬《まばた》かせて背筋《せすじ》を伸《の》ばす詩月。

「炎《ほのお》の夢を見た」

「——え？」

詩月の表情が目に見えて強張《こわば》る。

「女の子達が燃えてる夢。苦しみながら死んでいく夢」

「そ……それは」

明らかに狼狽《ろうばい》していると分かる表情で詩月は絶句《ぜっく》する。

「あれは君が見せてるの？」

「違っ！　そんな――あれはっ!!」

詩月は顔色を変えて叫《さけ》ぶ。

叫んでから自《みずか》らの声に驚いたかの様に身を竦《すく》ませ――そして付け加える様に呟《つぶや》いた。

「あんな……あれは……見られたくなんか……」

「君が僕に見せていた訳じゃないの？」

「……うん」

視線を逸《そ》らし、自分の足下《あしもと》を無意味に見つめながら詩月は言った。

「此処《ここ》は……この世界そのものが私の一部だから……じゃなくて私がこの世界の一部というか……だから、たまにだけど、私の夢とか記憶《きおく》が漏《も》れちゃう事が在って……だから故意《こい》に見せてる訳じゃなくて……」

「……そうなんだ」

「恥《は》ずかしいから……見せたくなんか無かったんだけど……」

「なんで？」

優樹が問うと詩月は眼を瞬かせて顔を上げた。

「──え？」

「なんであれが、恥ずかしいの？」

「………」

詩月は黙《だま》り込む。

その顔色が青ざめているのを見て──優樹はさすがにこれ以上追及《ついきゅう》するのは気が引けた。

いくらこの少女は人間ではないのだとしても、こんな顔をして、しかも指先が食い込む位に強く自分の腕《うで》を握《にぎ》っている少女を問いただす気にはなれなかった。彼女の傷を暴《あば》き立てて恨《うら》まれるのは嫌《いや》だった。

やはり自分は臆病者《おくびょうもの》だ。

しかし──

「あれは私の未練だから」

ぽつりと詩月が言った。

「いや、いい。ごめん、もういい──」

慌《あわ》てて優樹は言うものの、構わず詩月は言葉を続ける。

「浅ましい私の……何十年経《た》っても晴れない未練だから」

「………」

「最初に言っておくべきだったよね」

泣き笑いの様な表情を浮《う》かべて詩月は言った。

◇　◇　◇

鈴乃宮学園。

この学校が建てられたのはもう七十年以上も前の事だったのだそうだ。

日本が未《ま》だ『帝国《ていこく》』だった時代である。

理事長は『これからは女性も表舞台《ぶたい》に立つ時代である』という理念の持ち主で、旧態依《きゅうたいい》然《ぜん》とした花嫁《はなよめ》教育だけを施《ほどこ》す女子校ではなく、男子と同等、いやそれ以上の実力を備《そな》えて社会の各方面で活躍《かつやく》する女性の人材を育成《いくせい》する為《ため》の場として鈴乃宮学園を作ったのだそうだ。当時は未だ少数派であったセーラー服を制服にしたのもその為だ。

ところが当時は太平洋戦争前夜とも言うべき時代。

西洋の個人思想や男女同権思想を取り入れた先進的に過ぎる価値観《かちかん》は、国家一丸となって米英との戦争へと雪崩《なだ》れ込みつつあった時代には、目の敵《かたき》にされ、様々な圧力や嫌《いや》がらせが加えられた。

その結果、鈴乃宮学園は予定よりも何か月も開校が遅《おく》れ——結局、その間に戦争が始まってしまった。

そうなればもはや、新しい学校がどうの、女性の社会進出がどうの、などと言っている場合ではない。少なくともそんな場合ではないと殆《ほとん》どの人間が考えていた。

だから、鈴乃宮学園は、生徒達を迎《むか》え入れる事も無いままに、無人の校舎だけが何年も放置されていたのである。

そして。

意外にもそんな状況下《じょうきょうか》で鈴乃宮学園が開校すべき日が決まった。

幸か不幸か——都会を避《さ》け、田舎《いなか》に建てられていたが故《ゆえ》に、学生達の疎《そ》開地《かいち》として鈴乃宮学園は選定《せんてい》されたのである。本来の利用法では無かったがそれでもそれは、学校として建てられた鈴乃宮学園が初めて生徒を迎え入れる事が出来るという事だった。

しかし……

◇　◇　◇

「疎開してきた女学生達は……皆死《みんな》んじゃったの」

優樹と並《なら》んで白い荒野《こうや》に座《すわ》りながら詩月は言った。

空はそろそろ黄昏《たそがれ》の色を帯《お》びている。空から降ってくる茜色《あかねいろ》の光は、無限《むげん》の白い平面を、どこまでもどこまでも飽《あ》きる事無く染め上げていた。

白いだけで何も無いこの荒涼《こうりょう》たる世界も……この僅《わず》かな時間だけは何故《なぜ》か包み込む様な暖《あたた》かな雰囲気《ふんいき》が在った。

「……なんで？」

「爆撃《ばくげき》が在ったから」

詩月は言った。

「ば……爆撃？」

「うん。この辺は想像でしかないけど……多分、軍需工場《ぐんじゅこうじょう》か何かと間違《まちが》われたか、都会の爆撃で余《あま》った爆弾《ばくだん》を処分《しょぶん》していったのか……そんな処《ところ》じゃないかな」

「………………」

とんでもない話だ。

だが今更《いまさら》その事に憤慨《ふんがい》しても仕方在るまい。そもそもとんでもなくない爆撃が——いや戦争行為《こうい》が在った例《ため》しは無かろう。どんな形であろうと殺人は殺人だ。法律が許《ゆる》し歴史が赦《ゆる》しても事実そのものは変わらない。

「それでね」

詩月は溜め息をつく様に言った。

「女の子達は皆……学校の校門まで辿《たど》り着く前に焼け死んじゃった。その後に私も爆撃されて全焼して。山ごと焼け野原になっちゃった」

「……………そんな」

優樹には掛《か》けるべき言葉も無かった。

日本が未だ名実共《めいじつとも》に『軍隊』をもっていた時代。個人の尊厳《そんげん》も感慨《かんがい》も押《お》し寄せる巨大《きょだい》な波の前にあっさりと押し潰《つぶ》された時代。ただ生きる事そのものが努力を要するものであった時代。今の豊かさからは比べる事も出来ない時代。

優樹には教科書やブラウン管の中でしか見る事の出来ない世界だ。

どんな言葉だろうと彼が口にしても虚《むな》しく響《ひび》くに違いない。

「怖《こわ》かった……」

詩月は震《ふる》えながら言った。

まるで今もそのときの光景が目の前に見えているかの様に。

「……私……本当に怖かった……女の子達を助けてあげたかったけど、何も出来なくて。私が——『詩月』が出来た時、私、最初に何をしたと思う？」

「…………いや。分からない」

分かってやれれば……とは思うが、分かる筈《はず》が無い。

詩月は泣き笑いの様な表情を浮かべて言った。

「残ってた魂《たましい》とか気持ちとか、そういうのを集めたの。ばらばらになっちゃった女の子達の心を、ばらばらになって、死んじゃって、それでも消える事も出来なくて、ずっとずっと長い間漂《ただよ》っていた女の子達の魂を——その欠片《かけら》を女の子達だったものを、消えかかった色々なものを、集めたの。そのときの私はまだ物凄《ものすご》く馬鹿《ばか》で。今でも賢《かしこ》くないけど。でもそのときの私は——そうする事で女の子達をよみがえらせる事も出来るんじゃないかって思ってたの」

「……まさか」

「うん。そう——多分優樹の想像通り」

詩月は言った。

「それが春ちゃん達。だからあの子達は四人に見えるけど……本当は何人もの女の子の魂をつぎはぎしたものなの。彷徨《さまよ》ってた彼女達の魂に、改めて他《ほか》の残留思念《ざんりゅうしねん》とか雑念《ざつねん》とかをより集めて、人間の形にしたの。

だから……春ちゃん達の名前は本当の名前じゃないの。もう彼女達は自分の名前も覚えてないの。生きて在《あ》る事への未練《みれん》だけが本能みたいに残ってて、その他の事は全部燃えてなくなっちゃったの」

「…………」

「そしてそのとき……あまりに怖《こわ》くて痛くて辛《つら》かったから使わなかったものが――あの『悪霊《あくりょう》』。あれは爆撃で焼け死んだ女の子達の恐怖《きょうふ》とか、怒《いか》りとか、そういう気持ち。死の間際《まぎわ》に女の子達が感じていた痛み。それが形を持ったもの」

「……だから、か」

だからあの『悪霊』は焼死体の形をしていたのだろう。だからあの『悪霊』に入り込まれた時に優樹が感じたのは火傷《やけど》の痛みだったのだろう。

だが――

(だとしたら……)

あれを『悪霊』と呼ぶのはある意味で可哀想《かわいそう》な気もする。

確かにあれは悪意の塊ではあるのだろう。

無論、あれに理性や知性が無いという意見は優樹も同意する。

だがその悪意は——ひょっとしたら誰《だれ》かに縋《すが》ろうとした気持ちが歪《ゆが》んでしまったものなのかもしれない。あれが優樹を襲《おそ》ったのは、苦しくて辛い気持ちを誰かに——他の、生きている人間に分かって欲《ほ》しかっただけなのかもしれない。

「私はそうして春ちゃん達と——それからたまたま最初に迷《まよ》い込んできた小竹乃さんと一《いっ》緒《しょ》に『学園ごっこ』をする事にしたの」

「……どうして？」

「多分……私にも未練があったんだと思う」

「未練……？」

「……学校として生まれながら」

暖《あたた》かに濁《にご》る夕暮《ゆうぐ》れの空を見上げながら——詩月は言った。

「学校として生まれた存在理由を果たす事が出来なかったから」

詩月の淡々《たんたん》とした口調が——不意に歪《ゆが》む。

震《ふる》える声で、しかし学校の無念《むねん》と未練が形を成した少女は続けた。

「誰一人として生徒を自分の内に迎《むか》える事も無く……自分が守り、育てる筈《はず》だった彼女達が……目の前で焼け死んで行くのを見ている事しか出来なかったから。彼女達に何もしてあげられなかったから。送り出す事はおろか、受け入れる事さえしてあげられなかったから。それがどうしてもどうしても──」

詩月は溜め息をつく。

「どうしても……心残りで」

「それが君の未練か……」

確かに詩月は人間ではない。

しかし──それが『人間と同様の心を持っていない』という事にはならないのではないか。モノにも心が在って何がいけないのか。

優樹の脳裏《のうり》にあの声がよみがえる。

(……ああ……お願いだから……やめて……お願いです……あの子達は……あんなにも痛がって、苦しんで……!!……ああ……誰か……誰でも構《かま》いません……後生《ごしょう》です……せめてあの子達をこれ以上苦しめないで……!!)

あれは本物だった。あの叫《さけ》びは──少なくとも優樹には、心の底から絞《しぼ》り出された本物としか思えなかった。

疑《うたが》えばどこまででも疑う事は出来る。

けれど……

「だから学校をしようと思ったの？」

「…………」

上目遣《うわめづか》いに——まるで叱《しか》られた子供の様に優樹を見る詩月。

「その未練をはらすために？」

「……うん」

詩月は呟《つぶや》く様に言った。

「最初は……私も自分で何をしてるのか分からなくて。そもそも私が私として形を成したのはつい最近なの。元々はその未練だけが塊《たましい》になって漂《ただよ》ってた様なもので。それも私自身の未練ではなくて、ひょっとしたら私を作った人達の——鈴乃宮学園を作った人達の願いが形を変えただけなのかもしれなくて」

年経《へ》た器物《きぶつ》には魂が宿《やど》るという。

それは様々な想《おも》いがそこに注《そそ》がれたり触《ふ》れたりした結果なのだとしたら——強い期待や深い感情を基《もと》に造《つく》り上げられたものには魂が宿り易《やす》いのかもしれない。

新たな世代を担《にな》う子供達を育て上げる。その為《ため》に強く強く望まれた結果として詩月が生まれたのだとしたら——それを果たせずに焼け落ちてしまった事がいかに無念《むねん》であったか。

優樹には想像する事しか出来ないが、それはきっと途方《とほう》もなく辛《つら》い事ではあるのだろう。

「小竹乃さんが――『それなら私達で学園をやりましょう』って」

「…………」

「そうしたら私は未練を晴らす事が出来て。皆《みんな》も解放されて。全部綺麗《きれい》に終わる事が出来るかもしれないって……」

「それは……」

『綺麗に終わる』

それはつまり――

「ごめん。最初に言うべきだったんだけど」

詩月はうつむいて言った。

「でも本当にこの『学園ごっこ』で全《すべ》て解決するかどうか分からなかったから……ひょっとしたら全くの無駄《むだ》かもしれないから……だから言えなかったの。

『未練を晴らして成仏《じょうぶつ》する』って言うけど――本当に神様や仏様が居て、あの世が在るのかどうかも私には分からない。居たとしても私みたいな人間じゃないものの魂まで面倒《めんどう》見てくれるかどうか分からない。

だから……やる事も無いから学園生活して遊びましょう、っていうのは半分本当。

でも残りの半分は……未練っていうか、私の我《わ》が儘《まま》。ひょっとしたら私でも『成仏』できるかもしれない。出来ないまでもこれで何かが変わるんじゃないか、『学校』である事を全《まっと》う出来れば、私自身を縛《しば》っているものから解放されるんじゃないか……そんな風に期待しちゃったの」

「……僕には浅ましいとは思えないけどな」

優樹の言葉に詩月は驚《おどろ》いた様に顔を上げた。

彼女はしばし優樹の顔を見て――

「……ありがとう」

と少し哀《かな》しげに微笑《ほほえ》んだ。

「……でも」

「でも？」

「春ちゃん達や小竹乃さん、紅葉ちゃんには悪いけど……彼女達じゃ駄目《だめ》なの。きっと」

「どういう事……？」

尋《たず》ねながらも――優樹は何となく分かっていた。

詩月があんなにも優樹にこだわった理由。

優樹が生きている人間だと知った時に詩月が見せた喜びの訳。

それは――

「春ちゃん達は昨日の世界の住人。それじゃ駄目。彼女達には『明日』が無い。向かうべき先が無い。それでは駄目。だって私は——『学校』だから。『明日』に繋《つな》がる何かを、誰《だれ》かが得る為の場所だから」

「……紅葉は？」

「紅葉ちゃんには悪いけど……彼女は人間じゃないから。本当の意味での生徒にはなれない。彼女だけが居ても『学校』にはなれないの」

語る彼女の口調《くちょう》には無力感《むりょくかん》が溢《あふ》れていた。

恐《おそ》らくこれは彼女にもどうにもならない事なのだろう。

「だから嬉《うれ》しかった。優樹が来てくれたのは。『昨日』しか無いこの世界に『明日』に繋がる人が来てくれたのが——本当に嬉しかった」

「……僕は」

そんな大層《たいそう》な人間じゃない——と優樹は思う。

彼だって昨日ばかり見ていた。昨日を写したフィルムを棄《す》てる勇気を持てず、昨日の出来事に落ち込み、明日へと踏《ふ》み出す事を恐れて部屋に閉《と》じこもっていた。悲観《ひかん》的な考えに囚《とら》われてごくごく当たり前の事が——『ひょっとしたら明日は昨日より良い日かもしれない』という考えにさえ至《いた》れなかった。

だから自分は詩月が期待した様な人間ではないと思う。特別な能力が在《あ》る訳でもないし頭が良い訳でも運動神経が良い訳でもない。ただの平凡《へいぼん》な一般人《いっぱんじん》に過ぎない。詩月にこんなにも喜んでもらえる様な資格の在る人間ではない。

しかし……

優樹は確かに平凡な人間だ。

だが此処《ここ》に居る者達はそれすらも全《まっと》う出来ずに終わった者達だ。ただ平凡に生きるというそれだけすら全う出来なかった少女達。あるいは平凡に生きるという事すら満足に出来なかった娘《むすめ》。ただ学校である事さえ満足に出来なかった学校。

だから彼女等《ら》は優樹を羨《うらや》む。優樹に期待する。

自分達が行けなかった場所に行ける筈《はず》の彼を――

「優樹は生きてるから。生きて私の処《ところ》に来てくれた初めての人だから。

それは単なる偶然《ぐうぜん》なのかもしれないけれど。

でも私は『ああ、この人だ』って思った。

生きてる優樹が此処で何かを得てくれたら。此処を学校だって認めてくれたら。そしたら私は……皆《みんな》を解放して自分も解放されて、本当に『終わる』事が出来るんじゃないかなあって……そんな風に思ったの」

そこまで言って、そして詩月は改《あらた》めて優樹の顔を見た。

「ごめんね。優樹には全部関係の無い事よね。それこそ迷惑《めいわく》だって分かってる。でも私にはどうしようもないの。優樹がここからでる事が出来るとすれば、それは——」

それはつまり。

詩月が学校として生まれてきた意味を満《み》たした時だ。

優樹がこの学校を出て行けるだけの何かを此処で得た時だ。『昨日』ではなく『明日』に繋がる何かを優樹の中に彼女が遺《のこ》せた——その時。

「だから……厚《あつ》かましいって事は分かってるの。分かってるけど、それでも……」戻《もど》ってきて欲《ほ》しい。

恐らくはそう言いたいのだろう。そして言えた義理《ぎり》でないのも分かっているのだろう。

優樹にとって詩月の世界で学園生活を送る事には何の得も無い。

完全に一方的な詩月の都合《つごう》でしかない。

けれど……

「……実を言うとさ」

優樹は詩月から視線を逸《そ》らしながら言った。

「僕は振《ふ》られたんだよ」

「……誰に？」

反射的に尋ねてから——気付いたらしい。

「あ——まさか」

「ずっと好きだった人に振られて。同じ学校の人だったからその人の居る処に行くのは辛くって。だから『此処じゃない何処か』に行きたいと思ってた。彼女の居ない処へ」

ポケットからフィルム・ケースを取り出す優樹。

詩月が池から回収してきた例のフィルムだ。

「でも……そんな風に想《おも》いながら、僕はこのフィルムを捨てる事が出来ない。彼女の残像を封《ふう》じ込《こ》めたこれを……手放す事が出来ない。今更《いまさら》彼女と相思《そうし》相愛《そうあい》になれるなんて思ってないけど……そんなに簡単に捨てられる様な気持ちだったんだと思いたくない。

その一方で現像《げんぞう》する気にもならないんだ。なれない。

このフィルムを撮《と》った直後に僕は振られた。彼女には好きな人がいるって教えられた。

だから——このフィルムの中に居る彼女の眼《め》はきっと僕なんか映してなくて。現像してそんな彼女の眼を見るのが辛かった。

我《われ》ながら未練《みれん》たらしいっていうか。情《なさ》けないなとは思うんだけど。けど……」

自分でも何を言っているのかよく分からない。

気持ちの整理が簡単につく様な器用《きよう》な性格をしていたなら、そもそもこんなにうじうじと悩《なや》まずに済《す》んだだろう。

「此処に僕が忘れるべき昨日が在る」

優樹はフィルム・ケースを透《す》かして見る様に額《ひたい》の上にかざして見せた。

そして――

「此処に僕が向かうべき――白紙の明日が在る」

言って優樹はバッグから未《ま》だ撮影《さつえい》を終えていないフィルムを取り出した。

少し照れも在ったが――それでも優樹は言葉を紡《つむ》ぐ。

思っているだけでは駄目《だめ》だ。言葉にして。行動にして。でないと何も残らない。

だから……

「昨日を明日が押《お》し流すまで。昨日を昨日として認める事が出来る様になるまで。昨日を笑《え》顔《がお》で語る事が出来る様になるまで。積み上げた明日の高さが昨日を越《こ》える時まで」

眼を瞬《まばた》かせて自分を見つめてくる少女に優樹は笑いかける。

「未練満載《みれんまんさい》の僕でも良いのなら――君の〈学園〉に付き合ってもいいかな」

詩月は咄嗟《とっさ》に唇《くちびる》を開き――そして戸惑《とまど》う様な表情を浮《う》かべて口をつぐむ。

相応《ふさわ》しい言葉を探している様だったが、しばし迷った後に、結局……彼女はひどく単純な言葉を選んだ様だった。

「……うん。お願い」

微笑《ほほえ》む詩月。

そして——

「あ……あのね」

彼女はふと何か思い付いたかの様に言った。

「——なに？」

「もう一度……」

はにかむ様に視線を優樹から逸《そ》らしながら、しかし詩月は言葉を繋《つな》いだ。

「もう一度確かめていいかな？」

「確かめるって——何を？」

「優樹の事。優樹が——生きてる事」

「そんなのどうやって確か……」

不意に脳裏《のうり》を過《よ》ぎる記憶《きおく》。

初めて出会った時の事。

詩月は——

「………」

ふと胸に重みがかかる。

「……！」

優樹の胸に寄り掛《か》かり――そして腕《うで》を回して彼の身体《からだ》を抱き締《し》める詩月。

頬《ほお》を寄せ、耳を寄せ、肩《かた》を寄せて――まるで身体全体で彼の心臓の鼓動《こどう》を感じようとするかの様に詩月は優樹に抱き付いて静かに息を吐《つ》く。

まるで恍惚《こうこつ》と幸福感《こうふくかん》に酔《よ》っているかの様な彼女の表情が――ひどく綺麗《きれい》で。

「あ……ず……その……」

優樹の頭の中では『ずるいぞ！　そんな、最初の時はそんな恥《は》ずかしそうな顔とか全然してなかった癖《くせ》に、いきなりそんな、なんかそれはずるいぞ！　そんな顔されたら、僕も、いや、そうじゃなくて……そうじゃないんだ！　僕は！』とか何とか混乱しきった思考が超高速《ちょうこうそく》で飛び交《か》っていたりするが、その実、ただ赤面《せきめん》するだけで言葉の一つも出なければ指一本動かせない。

「聞こえるよ」

詩月は言った。

「明日へ繋《つな》がる音――」

「…………」

優樹はただひたすら困惑《こんわく》し——

「あああああああああああああ——っ!?」

不意に迸《ほとばし》った叫《さけ》びが二人を包んでいた空気を吹《ふ》き飛ばした。

殆《ほとん》ど互《たが》いを突《つ》き飛ばす様な勢いで、離《はな》れる優樹と詩月。

そんな二人を交互《こうご》に指差しながら——

「なにしてるのなにしてるのなにしてたのっ!?」

とやけに興奮して叫んでいるのは——いつの間にか気絶《きぜつ》より復帰《ふっき》して、人間形態《けいたい》に戻《もど》っていた紅葉であった。

「ずるいずるいずるい詩月ちゃん！」

「あ……いや……あの。違《ちが》うのよ？」

慌《あわ》てて言い繕《つくろ》う詩月の顔が……自分と同じく赤面しているのを見て、優樹は奇妙《きみよう》な勝利感というか、ちょっとした嬉《うれ》しさを味わっていた。もっとも——その気持ちが何処《どこ》から出てきたものであるのかを、彼は未だ理解はしていなかったが。

「違うって何が？」

「ええとその、今のは心臓の音を確かめてただけでね？」

それはその通りだ。

だが――

「あたしもあたしもっ！」

叫んで紅葉が優樹に飛び込んでくる。といっても映画のワンシーンの様な時間がゆっくり流れる様な美しい感じではなくて、思いっきりタックルしてくる感じであったが。

優樹の首に両腕《りょううで》でぶら下がる様にして抱き付きながら、紅葉はぐりぐりと獣耳《けものみみ》付きの頭を優樹の胸に押《お》し付け、尻尾《しっぽ》を激しく振《ふ》っている。女の子に抱き付かれているというよりも、大型犬か何かにじゃれつかれている感じだが――まあ悪くない気分ではある。

「ちょっと紅葉ちゃん。苦しい、苦しいってば」

彼女の体重で右へ左へとぐらぐらと揺《ゆ》れながら優樹は、傍《かたわ》らで苦笑《くしょう》している詩月と視線を交《か》わし――

「これから――よろしく」

と言って笑った。

◇　◇　◇

「そういう訳《わけ》で――」

教壇《きょうだん》の上に立って詩月が宣言した。

「第二回生徒総会を始めます」

壱《いち》年壱組——いつぞやと同じ教室での事である。

教壇に立っているのは詩月のみ。生徒側には四季少女達と紅葉、小竹乃、そして優樹がそれぞれ適当な場所に座《すわ》っている。黒板には白いチョークで『鈴乃宮学園での学園生活を始めるに当たって』と何処《どこ》か丸っこい少女文字の議題《ぎだい》が書かれていた。

優樹が詩月達と『学園ごっこ』をすると決めた後——詩月の力で優樹は自転車ごとあっさりと学園に戻された。詩月自身と彼女に触《ふ》れているものに関してはそれが拒みでもしない限り、自由に彼女はこの世界の何処へでも瞬間《しゅんかん》移動させる事が出来るらしい。つまりその気になれば詩月は優樹の意志にかかわらず、彼が寝ている間に強引《ごういん》に連れ戻す事も出来たという事だ。その点について指摘《してき》すると詩月は『あ。そっか』と驚《おどろ》いた様な顔をしていた。どうやら考えもしなかったらしかった。

それもまあ——詩月らしいと優樹は思う。

また……戻ってきた優樹を四季少女達《シーズン・シスターズ》や小竹乃は以前と変わらぬ態度で受け入れた。笑う事も無ければ怒《おこ》る事も無い。ましてや『無かった事』にしているでもない。ただ彼女等《ら》は単なる事実として、優樹が出ていった事と、戻ってきた事を受け止めているだけらしかった。

これもまあ――彼女達らしいと優樹は思う。

此処《ここ》は学園の紛《まが》い物。

此処は現実の代用品。

しかしだからこそ此処はきっと優《やさ》しいのだ。此処では何度でもやり直せる。やり直しの利《き》かない事なんて無い。必要なら何度でも何度でも間違えばいい。何回でも好きなだけ転《ころ》べばいい。昨日から学んで、いつか明日を真っ直《す》ぐ見据《みす》える事が出来るまで。

此処は――きっとその為《ため》の場所なのだから。

「という訳で」

詩月が一同を見回して言う。

「議題について何か提案《ていあん》がある人」

「はい」

待ってましたとばかりに春香が手を挙《あ》げて言う。

「はい――春香さん」

「制服のモデルチェンジを要求します！」

「え……？」

眼《め》を瞬《まばた》かせる詩月。

「モデルチェンジ……？」

「いくらなんでもこの制服はちょっと旧《ふる》いと思うんだけど。どうせ新しく始めるんなら、そこらの事も一通り刷新《さっしん》しない？」

「………そうかなあ？」

これは意外な意見だったのか、自分の着ているセーラー服の襟《えり》をつまんで首を傾《かし》げる詩月。まあ鈴乃宮学園が建てられた頃《ころ》には最先端《さいせんたん》だったかもしれないが、デザイナーズブランドの制服を採用《さいよう》する昨今では、確かに古風——というか時代遅《おく》れな感は否《いな》めない。

「どうせならもっとこう——今風のカラフルで可愛《かわい》い奴《やつ》とかにしようよ」

「んー……私は気に入ってるんだけどなあ」

「えー。旧いよ。さすがに」

「そっかなあ……？」

しばし詩月は考えていた様だったが……何やら自分の中で結論が出たらしく、大きく頷《うなず》いて言った。

「分かりました。それは考慮《こうりょ》しましょう」

「やたっ！」

ぱん――と手を打ち合わせる四季少女達。

その拍子《ひょうし》に春香の腕がぽろりと取れたりもしたが――さすがの優樹もいちいち驚きの声を上げない程度には慣《な》れた。

「んで――他《ほか》には？」

沈黙《ちんもく》する少女達。

他には思い付かないらしい。

他人が見たら『気になるのは制服《それ》だけかい』と苦笑《くしょう》しそうな場面だが――優樹も特に意見はない。というか、こういう事は小賢《こざか》しく先に色々決めておいても、どうせ後で不都合《ふつごう》が出てくるものだ。その時に臨機応変《りんきおうへん》に対応していけば良いだろう――と思う。

「じゃあもう少し具体的《ぐたいてき》に」

詩月は腕を組んで言った。

「まず優樹の恋人役《こいびとやく》を誰《だれ》がするかを決めましょうか」

かくん――と椅子《いす》から転げ落ちそうになる優樹。

少女達は待ってましたとばかりに表情を輝《かがや》かせる。何とか机の端《はし》を摑《つか》んで体勢を立て直す優樹本人はまるっきり無視して、彼女等《ら》は勝手に盛り上がっていた。

「はいはいはいはい！　私！」

ぴょんぴょん飛び跳《は》ねながら言う紅葉。

「駄目《だめ》駄目。紅葉じゃ駄目よ」

「えーなんでー」

「ヒロインはクラスメートが基本だもの。紅葉どう見ても年下でしょ?」

「じゃあ化《ば》け直すもん！」

「駄目。あんたは妹キャラね」

「ええー」

「ここは不肖《ふしょう》、私・夏輝が——」

「クラスメートという意味では私もいいよね?」

「駄目よ。腕がはずれる女に任《まか》せられないわね」

「なによ!? あんただって脚《あし》はずれる癖《くせ》に!?」

「脚なんて飾《かざ》りよ。お偉《えら》いさんにはそれが分からないのよ」

「何の話だ何の」

「教師と生徒の恋というのもなかなか……」

きゃいきゃいと会話を始める少女達——プラス一名。

「……って……ちょっと待て！」

がたん！　と椅子を蹴立《けた》てて優樹が立ち上がる。

詩月は顔をしかめて言った。

「そこ。発言は挙手《きょしゅ》してから」

「やかましい！　何なんだよ、僕の相手役って!?」

「ほら。やっぱり放課後に校門の脇《わき》で待っててドキドキとか、下駄箱《げたばこ》に手紙入れてハラハラとか、『伝説！』って書いた木の下で告白《こくはく》してアワアワとか、そういうのってやっぱり相手役いるでしょ？」

「…………あのね。詩月サン」

呻《うめ》くように優樹は言った。

「おかしいおかしいと思ってたんだけどさ」

「な……何……？」

少し怯《おび》える様な表情を示《しめ》す詩月。

だが優樹は容赦《ようしゃ》なく彼女を睨《にら》み据《す》えて言った。

「ひょっとして――『学園生活』ってどんな事するか、全然知らないの？」

まあよく考えれば鈴乃宮学園は一度たりとも生徒を迎《むか》え入れる事無く焼《や》け落ちてしまった訳で、それが未練で詩月は幽霊《ゆうれい》なんぞをしている訳で、つまりそれは、詩月自身が結局

『学園生活』というものの実物を実際に知っているのではない訳で——

「し……失礼な！」

詩月は若干《じゃっかん》たじろぎ気味《ぎみ》ではあるが、大声で言った。

「知ってるよ！　勉強したもの！」

「なにで？」

「漫画《まんが》とテレビ！」

「…………」

「あ⁉　なに、その『処置《しょち》無《な》し』って感じの溜《た》め息《いき》は⁉」

優樹を指さして叫《さけ》ぶ詩月。

天井《てんじょう》を仰《あお》いで長々と嘆息《たんそく》し……それから視線を教壇《きょうだん》上の少女に戻《もど》して優樹は怒鳴《どな》った。

「そういうのじゃないだろうが、学園生活ってのは⁉」

「じゃあどういうのなの？」

と詩月。

「え……？」

思わず言葉に詰《つ》まる優樹。

気が付けば詩月だけではなく他の少女達や小竹乃までまるで演説を聴《き》く聴衆《ちょうしゅう》の様な視線

で優樹を見つめている。

『学園生活』。

その言葉で示せばたったの一言だが——では『それは具体的《ぐたいてき》にどういうものか』と問われれば一言で語れる人間は少なかろう。それが数日前までは当たり前の日常として在《あ》った優樹にとっては空気と同じ様なものだった。

「いや……ええと……小竹乃さん、貴女《あなた》も何か言ってくださいよ!?」

「でも……」

のんびりした口調で小竹乃が言う。

「私、中学高校とずっと全寮制《ぜんりょうせい》の女子校でしたから……よく知らないんですよね。学生してたのももう随分《ずいぶん》と前の事ですし……」

「……本町先生、一体幾《いく》つなんですか」

「女性に年の話は禁句《きんく》ですよ」

のんびりと笑いながら言う小竹乃。

「うう……」

うなだれる優樹。誰も頼《たよ》りにならない。

しばし煩悶《はんもん》した後——

「学校って言うのは……ええと……ま……まず勉強する処《ところ》だろ!? 高校なら物理とか代数とか英語とか！ 一日大体六コマで！ 午前中四コマで午後は——」

と言いかけて。

優樹は何やら教壇の上で屈《かが》み込んでいる詩月に気付いた。

「そこ！ 何メモってんだよ!?」

「すごいよ優樹！ これからは師匠《ししょう》って呼ぶね!?」

「呼ぶなあっ!!」

喚《わめ》く優樹。

何だか意味もなく疲《つか》れた彼はそのまま椅子《いす》に座《すわ》り込《こ》む。

先行き不安な事この上ない。『学園生活を再現する事』を目標としつつ……そもそもの『学園生活』の何たるかを誰も定義《ていぎ》出来ていないのである。この様ではいつになったら本当に此処《ここ》から出られるのか見当《けんとう》もつかない。

前途《ぜんと》多難《たなん》だ。

本当に最初の最初から始めなければならないらしかった。

そんな事を考えながら——

「…………あ」

ふと思いついた事が一つ。

「……どうしたの？」

「詩月。こっち来て」

手招《てまね》きして詩月を教室の中央に位置する席に座らせる。

「…………？」

意味が分からず詩月は首を傾《かし》げているが……それでいい。

優樹は次に他の者達を見回して言った。

「皆《みんな》こっち来て。この辺に座って」

「…………？…………？」

怪訝《けげん》そうな顔をしながらも詩月を中心に集まる一同。

優樹は大雑把《おおざっぱ》に彼女等《ら》の位置を確認《かくにん》した上で教壇に上がった。

距離《きょり》。光量《こうりょう》。角度。幾《いく》つかの条件を脳裏《のうり》で確認すると彼は教卓《きょうたく》の上にペンタックスＳＰを置いた。ピントと露光《ろこう》を素早《すばや》くセット。次にファインダーを覗《のぞ》いて角度を調節。

「——え？」

詩月達がきょとんとした顔をする。

「じゃ——いくよ」

セルフタイマーのレバーを下げてスタートボタンを押《お》す。

「え？　え？　え？」

眼《め》を白黒させている詩月や他の少女達。小竹乃だけはのんびりした様子を崩《くず》さないが、これは優樹の意図《いと》にいち早く気付いていた為《ため》か、それとも単にぼんやりしているだけなのかはよく分からない。

「記念だよ、記念、記念写真！」

言いながら優樹は教壇から降りて詩月達の間に割り込む。

「え？　だってそんないきなり——」

パニックに陥《おちい》る少女達。

SPのセルフタイマーはおおよそ十二秒。事前《じぜん》に心の準備の出来ている人間には充分《じゅうぶん》すぎる時間であるが——そうでなければあまりに短い時間である。

優樹は笑いながら教壇のペンタックスSPを指差した。

「ほら。シャッター落ちるよ！」

この一言で少女達のパニックは更《さら》に拡大《かくだい》した。

「え？　あ、こら！　紅葉ちゃん、髪《かみ》の毛引っ張らないで——」

「ああ、首が外《はず》れる首がっ!?」

「ちょっと、押さないで――」

「あああああ駄目《だめ》ぇっ⁉」

とか何とかやっている内に。

かしゃっ。

ペンタックスSPは小気味《こきみ》よい機械音と共《とも》にシャッターを切った。

何やら呆然《ぼうぜん》とした表情で固まっている少女達。

優樹は満足気に頷《うなず》くと再び教壇に歩み寄ってペンタックスSPを手に取った。

そして――

「ちょっと今のなし！　今のなしだってば⁉」

叫《さけ》ぶ詩月。

「写真撮《と》るならもっとこう角度とかさあ」

「ほら、髪の毛とかもよくといて、それから――」

「私なんて首がずれて――」

「我々はやり直しを要求するッ！　っていうかやり直して！」

四季少女達も抗議《こうぎ》の声を上げる。

しかし――

「駄《だ》——目《め》」

にやりと笑いながら優樹は言った。

今までさんざん彼女等に振《ふ》り回されたのだ。ここらで反撃《はんげき》の一つもしておかないといつまでも彼は彼女等の玩具《おもちゃ》のままである。

「フィルムは貴重だからね。ま——これも記念さ」

指先でペンタックスSPのボディを弾《はじ》いて見せながら優樹は言った。

「鈴乃宮学園の、記念すべき第一日目の——ね」

そう。

まさしくこの日。この瞬間《しゅんかん》。

優樹が真新しいフィルムに一枚目を記録したその時。

ここから——優樹と陽気《ようき》な幽霊《ゆうれい》や妖怪《ようかい》達やその他諸々《もろもろ》の繰《く》り広げる、奇妙《きみょう》で賑《にぎ》やかな学園生活は始まったのだった。

あとがき

どうも、軽小説屋の榊《さかき》です。

新シリーズ『君の居た昨日、僕の見る明日』第一巻『STARTING BELL』をお届けいたします。既に富士見ファンタジア文庫から刊行されているシリーズとは若干違った趣《おもむき》だったりしますが、よろしければこのシリーズも末永く御愛顧《ごあいこ》の程を（営業的あとがき序文）。

いや……しかし苦労しました。マジで。

まあ新シリーズ立ち上げの時には本当に毎度毎度苦労する訳ですが、実を言うとこの「君僕」のシリーズとしてのプロットが通るまで、編集部から食らった全没が二回、自主没が三回。しかも「面白くない」「つまらない」という事であればまあ、何とでも面白くする手の加え方はあったのですが――これがさにあらず。

元々担当のたなぼんと「どうせならドラゴンマガジンで連載したいよね」という話をしていたので連載向けも視野に入れたプロットを考えたのですが。

「これはドラマガで連載している●●にネタが被る」

「これはエイジで連載している●●にネタが被る」

「これは長編では問題ないが、そもそも四十枚という短編連載では面白さが出ない」

などと……普段私が得意とするネタの殆《ほとん》どが封《ふう》じられてしまいまして。

さてどうしたもんかと頭を抱《かか》えていた際に、思いだしたプロットが一つ。

御存知《ごぞんじ》の方も多いと思いますが、私は某専門学校のノベルス科で月に二回ほど講師をしておりますが、そこの授業でよくやるネタが一つあります。

『三題噺《さんだいばなし》』。

元々これは落語の寄席《よせ》なんかで行われる芸の一種で、客席から三つランダムに『お題』を頂いて、それを三つ使って一本の物語を作るというもの。

当然、私の授業ではいわゆる『客』ではなく生徒の皆に三題を求める事になります。

その時に出てきたのが以下の三つ。

『学校』

『金髪』

『幽霊』

で——たまたまこの時、特別授業の為に来阪《らいはん》しておられた小説家の神野《かみの》オキナ氏が私の授業にゲストとして参加してくださっていたのですが、どうせだからという事で、二人の対話形式でネタ出しをしてみようという事になりました。

以下、その時の私（榊）と神野氏（以下『神』）の会話。

榊「うーん。どれから手を付けましょうかねえ」

神「金髪で幽霊ってのは変でいいですよねえ」

榊「そうつなげますか。じゃあ私は学校と幽霊。というか学校の幽霊ってやっぱトイレの●子さんとかですか。定番っちゃ定番だよなあ。つまらん」

神「金髪の幽霊少女が和服姿で柳の下とか池から出てきても結構笑えますよ」
榊「確かに。でもこうそれなら巫女服《みこふく》の方が」
神「あるいは陰陽師《おんみょうじ》？」
榊「いいですね。金髪の巫女服の陰陽師」
神「学校の霊障《れいしょう》を退治する金髪の陰陽師。所属は——そうですね。文部科学省陰陽課」
榊「いい！　そのネーミングいい！　途方《とほう》もなく自己矛盾《じこむじゅん》してるのが（爆笑）」
神「当然、非公開機関だったりします。科学が認めない霊的現象を闇に葬《ほうむ》る特務機関。存在自体が自己矛盾という」
榊「ナイスです。それはいただきます。しかし全部神野さんに考えさせるのもなんだしな。こっちでも、ちと何か。何か。学校の幽霊。学校の幽霊。定番はそれをひっくり返せば非凡になるわけで、学校の幽霊。学校の幽霊。学校の幽霊。学校が——あ！」

……とまあこういうお馬鹿《ばか》なやりとりの中でこの作品の基本設定——つまり鈴乃宮学園は生まれたのでした。

結局これはネタの一つとして二年間ほど私の頭の中に仕舞《しま》われる事になった訳ですが、

今回さんざん自主的にも編集部的にもプロットの没が続いたときに、ふと思いだした訳です。

ただし元々このプロットは長編書き下ろし用で一巻で終わる話でした。

これを改めて検討、キャラクターを増やし、設定を幾つか手直しし、シリーズ用として本格的に企画書としてまとめ直し、提出。その後、色々と編集部とのやりとりの間で紆余《うよ》曲折《きょくせつ》はあったりしたのですが——晴れてＯＫが出てこの『STARTING BELL』刊行相成った次第。

ちなみに上記の会話の中に在った神野氏ネタだしの『文部科学省陰陽課の霊能少女』は連載版のヒロインとして登場予定です。諸事情から金髪じゃなくって赤毛《キャロテイ》になってますが。

まあなんだかんだとバタバタ右往左往《うおうさおう》しながら書き上げたこの作品、愛着は在るものの——それだけに親の欲目というか、作者の欲目というか、冷静な目で見れなくなってしまっているのも事実。

さて、読者の皆様のお眼鏡にかなうか否《いな》か。結構ドキドキしていたり。

判定や如何に。

またこの場をお借りしてお礼を。

上記の通りプロット組み上げの際に幾つか重要なネタをいただいた小説家の神野オキナ氏に。氏との会話は楽しい上に、色々と創作上での刺激を生んでくれます。これからも懲《こ》りずにおつきあいくださいませ。

三題をくれたアミューズメントメディア総合学院の生徒（卒業生）達に。まあこれ読んでたら学校に遊びに来なさい。お題のお礼がてら飯くらいはおごろう。全員に一挙に来られても困るけどな（笑）。

二度三度のプロット総没だの幾つかのトラブルにもめげず、このシリーズの立ち上げに尽力《じんりょく》してくださった担当のたなぼんに。まあ迷惑かけるのはいつもの事ですが、特に今回は色々と常にも増して御迷惑をおかけしました。すんません。

そして絵師の狐《こ》印《いん》氏に。次から次へと恐ろしい程の早さでデザインがあがってきたり、更にそれらがこまめにバージョンアップされたりと、氏の素早くかつ密度の高い仕事ぶりに、諸々のトラブルからちと筆の遅れていた当方としては恐縮する事しきりでありました。今後ともどうかよろしく御願いします。

最後に他のシリーズ等と共にこの本を手にとってくれた読者の皆様。あるいはこの本で初めて榊の小説を手にとってくださった読者の皆様。皆様のおかげで今日も榊は御飯《ごはん》食べてます。出来れば明日も御飯喰《く》わせてください（切実）。

そういう訳で。

なんか今年は脳が壊《こわ》れたみたいに色々仕事してるせいか、最早自分でも何がいつ出るのか分からなくなってきてますが、また——次の本でお会いしましょう。

ではでは！

２００４／７／10
ＭＡＣＨＩＮＥ：自作機（ペンティアム４　２．４Ｇｈｚ　ＲＡＭ／１ＧＢ）
ＢＧＭ：アニメーション『ビッグオー　セカンドシーズン』ＤＶＤ第七巻

富士見ファンタジア文庫

君《きみ》の居《い》た昨日《きのう》、僕《ぼく》の見《み》る明日《あした》 1
—STARTING BELL—

平成16年8月25日　初版発行
平成17年5月15日　再版発行

著者——榊《さかき》　一郎《いちろう》

発行者——小川　洋

発行所——富士見書房
〒102-8144
東京都千代田区富士見1-12-14
電話　営業　03(3238)8531
　　　編集　03(3238)8585
振替　00170-5-86044

印刷所——旭印刷
製本所——本間製本
落丁乱丁本はおとりかえいたします
定価はカバーに明記してあります
2004 Fujimishobo, Printed in Japan
ISBN4-8291-1639-0 C0193

そんなこんなで始まった鈴乃宮学園の日々——
まだまだ生徒が足りませんねぇ
保険医　本町《ほんまち》小竹乃《ささの》
うーん
今度は元気なお姉さんがいいよぅ
自称・女子校生その1　紅葉《もみじ》

まだ誰か喚《よ》ぶつもりか!?
生《ナマ》の男子学生
長居優樹《ながいゆうき》

生の女の子かぁ♥
ウフ
幽霊少女　詩月《しづき》

ストレイト・ジャケット2

ツミビトのキオク

~THE ATTACHMENT~

榊 一郎

“人間のなれの果て”を狩る戦術魔法士レイオット・スタインバーグ。彼が偶然見つけたものは、“魔法”で殺されたヒトだった。

何らかの魔族犯罪組織の動きを感じ取るレイオット。だがしかし、その裏には、警察の対魔族戦闘部隊の影が!?

真に狩るべきは警察なのか？　レイオットの孤独な闘いは続く……。

ハードボイルドファンタジー第二弾!!

富士見ファンタジア文庫

ストレイト・ジャケット3

オモイデのスミカ

~THE REGRET/FIRST HALF~

榊 一郎

それは男にとってちょうど十番目の仕事だった。郊外にあるとても小さな村からの仕事依頼。

「いつ私を殺すのですか」——血の色の髪と瞳を持つ少女は、村に現れた男にそう言った。少女の紅い髪と瞳は、彼女がヒトでないことの証。そして、彼女の前に現れた男はヒトで無いモノを狩る戦術魔法士。レイオットとカペル、二人の残酷な出会いの物語。

ストレイト・ジャケット4

オモイデのカナタ

~ THE REGRET／SECOND HALF ~

榊　一郎

時は北歴1951年。ところは郊外の寒村ケルビーニ。事件の発端は魔族の出現だった。生きることに倦んでいるレイオットは、いつものようにさしたる思いもなく仕事を受けた。魔族を退治すれば、それで終わるだけの取るに足りない仕事。しかし、彼はそこで出会ってしまった。深い絶望を瞳に湛えた少女・カペルテータに。どこか似ている二人の出会いがさらなる悲劇を呼ぶ!!

スクラップド・プリンセス サプリメント

さまよう者達の組曲

榊 一郎

「おにーちゃんっおにーちゃんっおにーちゃんっおにーちゃんっおにーちゃんっ」

負けるもんか。シャノンは思った。唯一惰眠を貪れる土曜日に、この程度のことで屈するわけにはいかないのだ――。

パシフィカ四歳、シャノン九歳。二人の闘い(?)はこんな頃から始まっていた――。

カスール三姉兄妹の子供時代を描く「星空に捧ぐ祝賛歌」ほか全4編収録の短編集！